村人ですが、なにか？

①

著：白石新
イラスト：FAMY

GCN文庫

"I am a villager, what about it?"

Story by Arata Shiraishi, Illustration by Famy

1

Contents

プローグ 〜地上最弱の村人〜

転生って言ったらチートだろ？

そんな風に思っていた時期が俺にもありました。


そんな感じで、お約束通りにトラック事故に巻き込まれた俺は転生して職業：村人として生まれ変わった訳ね。

そんでもって、生まれた先の家は貴族でも金持ちでもなく、普通に平民でなおかつ貧農だった訳だ。

生活レベルで言うと、凶作って訳でもないのに、ちょいちょい喰うにも困るとかそんな感じ。

で、俺は貧しいながらもすくすくと成長し、至極平凡なステータスとスキルを持つ十五歳となりました。

もう一度言います。

転生って言ったらチートだろ？

村人に生まれ変わったとしても、実は成長チートがありましたとか、スキルチートがありましたとか……そういうのがあるんだろ？

そんな風に俺も思っていたんだが……そんなことは本当にありませんでした。

マジで普通の村人でした。

で、代わりと言っては何だが、俺の隣の家で、誕生日が三日違いで本物のチートの女の子が産まれたんだよな。

コーデリア＝オールストン。

容姿端麗にして、十五歳の時点で既に一騎当千――職業：勇者。

正にチート級のチートって奴だ。

俺の家の隣に、俺と同じ年に産まれて、俺と同じように育ったのに――勇者様のステータスは正しく一騎当千。

あるいは万夫不当。

村人の俺からすると完全に異次元のレベルの怪物だ。

十五歳の女の子がナマクラの剣を軽く振るうだけで、バターみたいに大岩が削がれていく光景は圧巻だったな、うん。

百メートルを走らせれば多分一秒とか二秒で走れるし、もうほとんど人間をやめているレベルだと思う。

四歳か五歳の頃なんかは喧嘩したりすると、やっぱり俺が男の子だから勝っちゃったりしてたんだが……。

そこからの成長が凄かった。

今は日常で接する際にも、俺を傷付けないように力加減の調節に苦心しているご様子だ。

一度、冗談でポンと叩かれて肩を脱臼させられたが……やらなくてもいいのに三日三晩看病された。

で、やっちまった事を酷く気にしてて……やられたはずのこっちが気の毒になる感じだったな。

話は変わって現在、俺とコーデリアは十五歳だ。

そんでもって、俺が野営している場所はマナキスの大森林だ。

この森には嘘か真か龍が住んでいるとかいないとか……。

そんでまた、現時刻は午後の七時位か？　冬だからやたら寒いし陽が落ちるのも早い。

焚き火で暖を取っているが、深い森の中、月明かりも届かずに周囲は完全な闇に包まれている。

その時、狼の遠吠えが遠くから聞こえてきた。

そこで、俺はちょっとビビり気味にコーデリアにこう問い掛けた。

「おい、コーデリア？　マジで大丈夫なのか？　ここって魔物とか出るんだろ？」

焚き火に淡く照らされている燃えるような腰までの赤髪。

一分の隙もなく整った造形の顔は可憐さと凛々《りり》しさを併せ持ち、とてもこの世のものとは思えない。

なのに、一騎当千。あるいは万夫不当。

剣を持たせて戦場に立たせれば、大抵の武人が一刀の下に切り伏せられる。

どこにそんな力が……と思わせる細い肢体に蒼の軽鎧を纏わせた少女は、俺の質問に首を傾げてこう応じた。

「へっ？　ドラゴンキラーの称号を持つ私がいるのに……魔物の危険を心配してるの？　この場合、むしろ魔物を心配してあげたほうがいいと思うよ。この辺りの魔物は弱いし……あー、でも、アンタは魔物が出るような場所に来るのは初めてだっけ？」

「お前と違って職業適性：村人だからな。せいぜいが村の外にちょっと出て、害獣退治の罠を仕掛けるのが関の山だ」

「ああ、一回……騎士団の遠征に参加した帰りに見掛けたことあるよ。アンタ、ちょっと村の外に出るだけだってのにビビりすぎじゃん？　ビクビクビクビク周囲を窺ってさ」

「村人なんだから仕方ねーだろうよ……ってか、そんな俺をこんなところに連れ出して……って、うおっ⁉」

巨大な――イノシシだった。

樹木の陰からこちらに向けてイノシシが飛び出してきた。

体重は恐らく一トンオーバー。そして魔の者である事を示す紫色の瞳。

口からボタボタと垂れ流される唾液。

「リュート！　動かないで！」

それだけ言うと、コーデリアはイノシシに向かって疾風のごとく駆け出した。

そうしてスライディングタックルの要領でコーデリアは、疾走するイノシシの腹の下に潜り込む。

地面を滑りながら、腹の真下で剣を一閃。

イノシシの中身が大量に地面にこぼれ落ち、それと同時、腹の下を抜けると共にコーデリアは立ち上がり跳躍した。

腹を破られた事から真横に倒れるイノシシ。

その脇腹に乗り、その首に向けて再度長剣を一閃。

首と胴体が分断され、返り血の飛沫《しぶき》がコーデリアの頬に朱色の化粧を施した。

「いっちょ上がりってね。明日の朝食は猪鍋にしようか」

と言いながら無邪気に笑うコーデリア。

おいおいマジかよ……と、その返り血の生々しさに俺は表情を引き攣《つ》らせる。

そして、すぐさま自分の失態に気付き、無理矢理に表情を笑みに変える。

「朝から肉ってのは重過ぎねーか？　ってか……色んな意味でマジ……半端ねーなお前
……」

そこでコーデリアは俺の一瞬の表情の変化に気付いたようだ。

そして地面の岩に腰掛けると同時に深く溜息をついた。

「さっき、何でアンタはこんなところに連れ出してって……言ったよね？」

言いながら、布を取り出して返り血を丁寧に拭い始めた。

「ああ、確かに聞いたが？」

「本当の事を言うとね？　私……リュートに知っておいて欲しかったんだ」

空を見上げながら、コーデリアは遠い目でそう言った。

「知っておいて欲しかった？　何を？」

「村では見せない私の本当の姿を……さ。十歳を過ぎたあたりから、騎士団や冒険者に交じってこういう荒事を……私はずっとこなしてきたんだ」

「…………」

さっきの返り血に対する応対は……やはり完全に不味《まず》ったな。

そう思っている俺の心境を知ってか知らずか、コーデリアは続けた。

「これから私は騎士団に正式に所属して一年間の訓練期間を経る。十六歳になれば……王立の魔術学院に特待生として入れられるんだ。全ては来《きた》るべき大厄災に備えるための……神託通りの……私の強化プログラムの通りにね」

「……そうらしいな」

「だから、アンタには本当の私の姿を見ておいて欲しかった……アンタだけには……さ」

「ん？　モーゼズはお前の本当の姿をいつも見てるんじゃねーのか？」

モーゼズ。

コーデリアと同じく俺の幼馴染で職業適性：賢者のこれまたチートな野郎だ。

どうしてこんな小さな村で、同じ年に産まれた奴にこんな、とんでもないレベルの職業適性の奴らが二人もいるんだろうか。

ぶっちゃけた話、勇者と言えば国一つの決戦兵器になりうる存在だ。

賢者にしても局地的な戦術兵器になりうる存在な訳で。

二人とも、国家の単位でも数人抱えているかいないかという規格外のレベルの話な訳で……。

おかげで俺の肩身は狭い狭い。

と、それはさておき、先ほどの俺の言葉を受けたコーデリアはプルプルと小刻みに肩を震わしていた。

「モーゼズとはカリキュラム上、いつも一緒にいるけど、私は……私はアンタにっ！　アンタにだけは絶対に知っておいて欲しかったたって言ってるのっ！」

しばしの沈黙。

静寂が森を包み、何とも言えない空気が一帯を支配する。

「もう……気軽に会えなくなっちゃうんだよ？」

「騎士団所属っつったら……そうなるだろうな」

「アンタは何も思わないの？　私がここまで言ってるのに……私にかけてくれる言葉はないの？」

「……悪い、お前が……何言ってんだか分かんねーよ」

そこで、意を決したようにコーデリアは大きく息を吸い込んだ。

そして立ち上がると、岩に腰掛ける俺の前まで歩いてきた。

そのまましゃがみ込んで、蒼色の瞳で——まっすぐに俺の瞳を覗き込んできた。

「私さ……ずっと、ずっと……アンタの事……」

と、そこで、川で洗い物をしているモーゼズの声が遠くから聞こえてきた。

「リュートさん!?　こっちに来ていただけませんか？　この寒さでの洗い物は……少し辛

いものがありまして……」

コーデリアは露骨に舌打ちし、俺は怪訝に小首を傾げた。

「ちょっと行ってくるよ。コーデリアは火の番をしといてくれ」

「…………」

「どうしたんだ？　膨れっ面で？」

「……知らないんだから！　とっととあっちに行きなさいよこの馬鹿っ！」

眉をへの字に曲げて、頬を紅潮させながら彼女はプイッと顔をそむけた。

と、そこで思い直したかのように俺に再度声をかけた。

「……アンタは村人なんだから、魔物が出たら大声で叫んですぐに私を呼びなさい！　まあ、ここいらは弱い魔物しかいないから、私が近くにいるだけで大抵の魔物は怯えて遠くに逃げてるけどね」

「分かってるよ……ってか、モーゼズがいるから大丈夫だろうよ」

と、コーデリアに後ろ手を振りながら俺は溜息交じりに呟いた。

「…………『村人なんだから』か、結局、コーデリアですらも……まあ、俺は……村人なんだから仕方ねーよな」

肩までの紫がかった髪に、そして眼鏡。

いつも一人で本を読んでいる線の細い男……それがもう一人の幼馴染モーゼズだ。

言葉遣いも十五歳にしては妙に丁寧で、会話を交わす際は常に微笑を浮かべている。

生命保険のセールスレディに通じるような笑顔で、正直なところ、俺はこいつが苦手だ。

「すいませんね。リュートさん……手伝ってもらって」

言葉通り、俺はモーゼズを手伝っていた。

川で先ほどの食事の食器と、そして肌着類の水洗いを行っているというのが現況だ。

「いや、気にするなよ。っていうか本当はこんなのは村人がやる仕事で、賢者様の仕事じゃないだろう」

「違いありませんね。まあ、我らが姫君が、料理はリュートさん、洗い物は私と決めたのだから致し方ないでしょう」

「あいつ命令ばっかして自分は何にもしないのな」

「違いありません」

その言葉で俺ら二人は互いの顔を見合って苦笑した。

「良し、これで終わりっと……」

そうして、俺は最後の皿を洗い終わって立ち上がった。

「本当にすいませんねリュートさん……」

「いいって事さ。俺ら……村には三人しかいない同い年の……友達だろ？」

その時、急に俺の視界が暗くなった。

立ちくらみというか、貧血というか、それの相当に強烈なバージョンだ。

すぐさま俺はその場に膝をついた。

「友達ですか？　誰と誰がですか？　村人と賢者が友達？　フフッ、これはまた楽しい冗談だ」

ぐわんぐわんと頭が回り、視界も回る。

何事かとパニックに陥っている俺に向けて、モーゼズは上から言葉を投げ掛けた。

「――ようやくクスリが効いてきたみたいですね」

「クスリ……？　どういう……何故……？」

舌がもつれる。ロレツが上手く回らない。

悪寒が走り、背中から嫌な汗が止めどなく流れていくのが分かる。

「何故か？　こんな簡単な事はないでしょう？　私とコーデリアとそして貴方……みんなが同じ年に産まれて幼馴染として育ちました。けれど、彼女が好意を抱いているのは……何故か貴方のようです」

モーゼズは軽く息を吸って言葉を続けた。

「私の職業適性は賢者です。数万人か、あるいは数十万人かに一人の選ばれた才能を持つ

――それが私です」

そんな事は知ってるよ。

俺ら三人が同じ村に産まれて、そして二人がチート職業適性だという事はな。

それはもう、嫌という程……惨めな程に知ってるよ。

「そして私は転生者です。ああ、転生者と言っても分からないでしょうね……まあ、それはいいでしょう。とにかく、私はただの賢者特性を持つだけの人間ではなく、更に特別な者なのです」

……え？　何だって？

視界がボヤけ、意識が霞掛かっていく。

モーゼズの言葉が耳に届かない。あるいは耳に届いていてもその言葉が意味のある像となって頭の中で形を作らない。

「驚きましたよ。あのような神に祝福されたとしか思えない、天使のような造形の少女がこの世に存在するとは……数年後が……本当に楽しみです」

大声を出してコーデリアに助けを呼ぼうかと思ったが、時すでに遅し。

一切の声が出ない。

四つんばいの状態で、四肢の筋肉が完全に笑っている。

その場で崩れ落ちないようにバランスを取る事だけで精いっぱいだ。

「――彼女の横の席に立つのは私こそがふさわしい。最初に受けた何故との質問に回答するのであればそれが答えでしょう」

モーゼズは俺の背後に回り、力任せに背中に蹴りを入れた。

そのまま圧力に押された俺はドボンと川に落ちる。

急流で、更に薬の影響で立ち上がる事もままならない。

俺はなんとか体勢を変えて、上向けの姿勢だけを確保した。

そして流れに身を任せ、俺の意識はまどろみの中の暗闇に溶けた。

最後に、モーゼズのこの言葉だけは脳裏に響いた。

「――村人風情が……勇者と対等に話をするなどと……分をわきまえなさい」

†

どれほどの間流されていたのだろうか。

相も変わらず手足は言う事を聞いてくれない。

ただ、されるがままに仰向けに流されている形、視界には満天の星が広がっている。

夜……か。

どれほどの時間が経過しているかは分からないが、それほど時は経っていない様だ。

けれど、体力は確実に奪われている。

目下、手足の感覚が完全にない。けれど、不思議と寒さや痛み、そして辛さは感じない。

ただ……ひたすらに眠い。

むしろ、これって一番ヤバい状態じゃねーのか……と、どこか他人事のようにそう思う。

夢現《ゆめうつつ》のまどろみの、眠っているのか起きているのかも分からない状況の中——俺はその声を聞いた。

「——リュート！　リュート——！　どこなの⁉　返事を……返事をしなさいっ！」

どういう経緯でコーデリアが俺の状況に気付いたかは分からない。

あの後、モーゼズは上手い事、コーデリアに状況を説明したはずだ。

あるいは、素直に俺が失踪したとストレートに伝えたかもしれない。

それとも、俺が魔物に襲われた事にでもしたのかもしれない。

どちらにしても、モーゼズとしては、俺とコーデリアが鉢合わせになるという、この展開には絶対にならないように、何らかの配慮はしていただろう。

それは果たしてただの偶然だったのか、あるいはそれは勇者のスキルや、超人的な五感のせいかは分からない。

けれど、どちらにしろ、コーデリアは川を流れる俺までピンポイントで辿り着いた。

川の岸の砂利道。

猛速度のダッシュでこちらにコーデリアが向かってくるのが見える。

どうやら助かったか……と、俺は眼前に迫りくるモノに気が付いて、そして軽く首を左右に振った。

「やっと……見つけたっ！　待ってなさいリュート！　私が今すぐ……って……えっ……？」

どうにも人生は上手くいかない。

川を流れる俺の眼前には奈落の巨大な滝が見えていた。

それは、ここいらでは有名な滝で――その落差は五十メートルを超える。

人外の領域に達しているコーデリアならいざしらず、ただの村人の俺にその落下に耐えろっていうのは少しばかり無茶が過ぎる。

コーデリアは状況に気付き、そしてノータイムの逡巡で、冬の川に飛び込む事に決めたようだ。

が、いかに異常な身体能力を持つ彼女でも、ちょっと間に合いそうにない距離で――

「――ごめんな。コーデリア……じゃあな」

本当に小さい声だったけれど、かすれるような声だったけれど、言葉を振り絞る事ができた。

そしてその言葉がきちんと伝わった事は、一瞬でくしゃくしゃになった彼女の表情が十

二分に物語っていた。

ごめんな……の意味には二つある。

恐らくは、俺は死ぬ。一つはその事についての……ごめん。

そしてもう一つは、彼女の好意を受け入れる事ができない事に対する……ごめんという意味だ。

コーデリアの俺に対する好意には気付いていた。

転生前の俺の記憶も合わせれば、彼女はあまりにも幼いというのもある。

けれど、後数年もすれば……彼女は他の追随を許さぬ程に美しく育つだろう。

それこそ、かつての俺が逆立ちしたって相手をされないような。

そんな事を考えながら、走馬灯の如く、この世界で産まれてからのコーデリアとの記憶が頭をフラッシュバックしていく。

六歳までは常に、俺の背中にあいつは付いて回ってきていた。

生まれ持っての職業適性の効果が成長に混じり始める七歳の頃から……俺はあいつの背中に隠れて過ごすようになった。

でも、立場は変わっても関係は変わらず、俺達はずっと仲が良かった。

そして訪れたのが先ほどの場だ。

あいつは自然な事として俺をパートナーとして認識し、選んでくれたのだろう。

でも……と俺は思う。

——守られるだけの俺じゃあ、モーゼズの言う通りに……色んな意味で、彼女の横に対等な立場で立つ資格はない。

——あぁ……情けねぇ……強く……強くなりてぇ……なぁ……。

と、そこで遠方でコーデリアが川に飛び込む音が聞こえると同時——

——俺は奈落へと落下した。

†

薄暗い洞窟だった。

天井から無数に伸びる鍾乳石——ポチャリ、ポチャリと、その先から水滴が落ちてくる。

水滴の冷たさで俺は目を覚まして、そして絶句した。

「ここは森林地下の洞窟……龍の住処へと至る道」

仰向けの体勢の俺に語り掛けてきたのは——ただひたすらにデカい真紅のドラゴンだった。

体長は十五メートルはあるだろうか、その圧巻の巨体に、ただただ絶句せざるを得ない。

「滝に落ちた生き物は通常……息絶えるまで水底を彷徨《さまよ》い、そして時を置いて流れていくが宿命。はたして運が良いのか悪いのか……善くもここに至る水道につながったものだ」

どうやら俺は岩場に打ち上げられているらしい。

が……まだ薬の影響が残っているか、あるいは落下の打撲のせいか、体は動かない。

唯一自由になる口だけを開いて俺は懇願した。

「…………お願いがあるんだ」

「……これも何かの縁。我にできる事であれば可能な限り聞いてやろう」

妙に話の分かる奴だと思いながら俺は言葉を続ける。

「……俺は……聞いたことがあるんだ。龍の住処で暮らした人間は強くなれるって……」

「確かにかつて、数人……そのような者達がいたな。我らと友好関係を築き、我らと時間を共にした者達が。そして彼らは外の世界に出て……まあ、高名な英雄なりになったようだの」

有名な英雄譚の数々だ。

伝承や物語によって細部は違うが、概《おおむ》ねが普通の人間がひょんな事から龍と縁を持つ。

そして共に過ごし、その不思議な力を手に入れて人里に戻り、力を使って英雄へと成り上がっていく……そんな物語。

「連れていってくれ……俺は強く……なりたい……」

「……残念だがその願いは聞けない」

「今さっき、願いを聞いてくれるって……」

ああ、と龍は頷いた。

「可能な限りの願いを聞いてやる。その言葉に偽りはない。龍族は高潔な血族……余程の事がない限りは嘘はつかぬ。いや、正確に言うと、龍という力と個体を保つためには嘘はつけぬのだ。言霊……と言っても分からぬだろうがな」

「……聞けない理由は？」

「理由は二つある。まず一つは年齢の制限だ。龍族の住処に連れていくという事は、それすなわち眷属として受け入れるという事。人族の習慣や常識が身に付いていては龍の住処では異物となるのでな……かつて龍族に迎えられた人間は、十二歳未満の捨て子か奴隷……若龍の気まぐれで拾われてきた者達ばかりだった」

「……もう一つは？」

「……汝はもう死んでおるよ。流石に死者を連れ帰る事はできない」

龍の視線の先は俺の腹だった。

そして龍は俺の頭に爪先をあてがい、そして少しだけ上方に頭を向けてくれた。

――ああ、こりゃダメだと俺も思う。

内臓が飛び出て、血も物凄い勢いで噴き出している。

しかも、致命的なことに痛みは大して感じないと来たもんだ。

低体温症と……それに何やかんや色々で、神経系統がもう馬鹿になっちまってたんだろう。

それはつまり、もう完全にダメだという事だ。

と、そこで気付いた。

だからこそ、龍は俺に対して妙に優しいのだ。それは恐らく、死にゆく者を看取るとか……そういう意味合いだろう。

残された時間は短い。ならば手短に龍との交渉を終える必要がある。

「じゃあ、俺が……その条件をクリアーすれば？」

「ああ、そうであれば可能な限りの願いを叶えるという言葉に偽りはない。だが、お前はすぐに死ぬし、そして年齢は戻らぬ。それは決して起きない事だ」

俺は不敵に笑いながら龍に尋ねる。

「言質《げんち》を……取ったぜ？」

「言質を取った？」

「……俺が欲しいのは……龍の加護とそして……龍王の大図書館」

そこで龍の声に怪訝の色が入る。

「汝……何故にそれを知っている？　いや……瀕死の汝に尋ねるよりも……我が直接、心と記憶を読んだ方が早いか……」

龍は瞳を閉じた。

そして数瞬の後、堰《せき》を切ったように笑い始めた。

「なるほど。お前は……転生者か……そして…………ふふ。フハハハハッ！　なるほど、なるほど……面白い事を考えているようだのう……そして――汝が我と会うのは一度目ではないな。汝は……あの日あの時あの場所に……いた訳か。神託の勇者の村が襲われた時……我がきまぐれに人の子達を助けた、あの場所に」

本当に愉快そうに、目を細めて龍は笑っていた。

そろそろ声を出すのもしんどくなってきた。

体がひたすらにだるい。

「……あの時、お前は…………当時十二歳の俺をゴブリンから助け、母親に返した。その時、お前は俺の心を読んで……こう言ったんだ『中々に数奇な運命を辿っている』……と」

「ふふ、お主の思い通りにこれから事が流れれば……そうであれば、『その時』のセリフはこう変わるだろう」

そろそろ……限界だ。

視界がボヤけてきやがった。

と、その時、龍の楽し気な声が聞こえてきた。

「『面倒な言質を取られたものだ……これでは龍の住処に連れて帰らぬ訳にはいかんでは

ないか』……とな」

「…………その言葉…………………俺の要望が通ったと……受け取るぜ？　でも……ここから……先は……賭け……だが…………」

そして龍は大口を開いた。

成人男性の片腕程はある、巨大な牙がビッシリと並ぶ凶悪な口内が見える。

「――ならば、死ね……リュート＝マクレーンよ」

龍は俺を鷲掴みにして、そして口の中に放り投げた。

グチャリと龍が俺の頭蓋を噛み砕く音が聞こえた。

そうして――俺……リュート＝マクレーンは二度目の生涯を閉じた。

†

「……どうやら賭けには勝ったようだな」

気が付けば、俺は一面が白色の謎の空間に立ちすくんでいた。

そして眼前には金髪の女神。

そう、この場所は俺が日本での生涯を閉じた時に初めに女神と遭遇した場所だ。

そして今、この瞬間は、俺が日本でトラックに轢《ひ》かれた時間から五分も経過していない
……そういう時系列のはずだ。

今現在のこの状況を端的に言うのであれば、こう説明するのが一番早いだろう。

――スキル：死に戻り。

これこそが、転生時に神が俺に与えた……いや、俺が選んだスキルだ。

一番怖かったのがこのスキルが本当に発動するかという事だった。

まあ、結果としてはとりあえず、賭けの第一段階には成功した訳だが。

「色々……あったようですね」

女神はニッコリと満面の笑みを浮かべている。

「ああ、色々あった。で……もう一度、死に戻りを選ぶ事はできるか？」

「残念ですができません。こんなチートなスキルを何度も与える事などできませんからね
……選ぶなら他のスキルを二つにしてください」

「そいつは残念だ。そして……予想通りだな」

ここで賭けの第二段階の成功も確定した。

俺の心を読んだのか、ニコリと笑って女神は言った。

「あの項目の本当の意味……チュートリアル機能に気付く人は多いです」

「でも、本当に選んだ奴は少ないんだろう？」

「まずは、本当に死に戻れるかどうかという事に普通なら疑問を抱きます。死を前提としたスキルなんて……意味分からないですからね」

「実際、俺もここに戻れるかどうかは半信半疑だったしな」

「それに事前の説明ではスキルは一度しか選べず、二つまでしか選べない……以上の事は言えませんからね。死に戻ってしまった場合、スキルをもう一度二つ選べる保証なんてどこにもないですから」

やれやれとばかりに女神は肩をすくめて、呆れたようにこう言った。

「死に戻りには、チュートリアル体験と引き換えに、二つあるスキル枠の内の一つを失う可能性があったのです。貴方くらいですよ。死に戻りを迷いもなく選んでしまうのは……」

「そりゃあ転生先が村人だったら、こっちもギャンブルするしかねーだろ」

そこでやはり、女神は嬉しそうにクスリと笑った。

「そういう人って……私、嫌いじゃないですよ?」

「ああ、そりゃあどうも」

何が可笑しいのか、クスクスと女神は更に笑った。

「それでは、貴方はスキルは何を望みますか?」

「結局、俺の職業適性は村人のままなんだよな?」

「ええ。そうなります。生まれる場所も周囲の環境も……それは前回のチュートリアルのリピートです」

「スキル……不屈を頼む。元が村人だからな……普通の日本人のメンタルである俺の精神で耐える事ができるレベルの……生半可な事では強くなれない」

「もう一つはどうしましょうか？　前回と同じく、世界中の一般的な図書館に置かれている本を頭の中で読む事ができるスキル……叡智でしょうか？」

「いいや、二周目の最効率プランは十歳位まではできあがっててな……そこから先は龍の住処にあると言う龍王の大図書館でプランを練るつもりだ」

「それでは何を？」

そうだな……と俺はしばし考え、苦笑した。

「ガーデニングは……選択可能なスキルの中にあるか？」

怪訝な表情で女神は答える。

「農作物栽培のスキルで代用ができますが……しかし、正気ですか？」

「農作物栽培か……これほど村人っぽいスキルもないな……こりゃあ上出来だ……ははっ……ははははっ！」

自分で言って自分でウケてしまった。

「ははっ！　ははははっ……！　ハハハハハハッ！」

笑いが止まらない。いや、本当に村人っぽくて、どうにも愉快だ。

そんな俺に女神は不思議そうに尋ねてきた。

「本当に、どうして……ガーデニングなんかを？　結局……スキル枠が一つ消滅しているのと同じじゃないですか……」

うんと頷き、俺は言った。

「あいつは……花が好きなんだよ。殺伐とした日常……せめて、そこには花と笑顔を絶やさないようにしたい」

しばし考え、女神はうんと頷き、そして優しい微笑を浮かべた。

「なるほど……本当に嫌いじゃないですよ？　そういう人」

「ああ、本当にそりゃあどうも」

クスリとやはり女神は笑って嬉しそうにこう言った。

「了解しました。それでは……スキル：不屈とスキル：農作物栽培を授けます」

全てが白色に包まれる。

一面を満たす光の奔流の最中、女神の楽し気な声が聞こえてきた。

「それでは、大変だとは思いますが頑張ってくださいね……そして、良き旅を――」

このまま、しばらくすると俺は、あのあばら家で母親から生まれる。

そう、力も富もない村人として。

けれど、今現在は約束された勝利の道を歩んでいる。

――俺の名前は飯島竜人。

龍の里に受け入れられ、そして育てられるのにこれほどに似合う名前の者はいない。

更に、普通の人間では幼少期からできない事、やれない事が……予習済みの俺にならできる。

多少の無茶もスキル：不屈でどうとでもなるだろう。

「一回目の時はチートなしだったけど……やっぱ、転生っつったらチートだろ？」

光の中で、俺の意識が再度――ドロドロに溶けていく。

「さあ……成り上がりはこれからだ」

その言葉の直後、俺は三度目の生を授かった。

知識チートでサクサク強くなる!

良し、と俺は心の中でほくそ笑んだ。

前回の時と同じ場所、同じ状況で俺の三回目の人生がスタートしたからだ。

「リュートちゃん――‼」

そう言って、あばら家の中で俺を大きく抱え上げたのは金髪碧眼の女性だった。

まず、思ったのは若いな……という事。

まあ、それはそうだ。

何しろ単純計算で、ついこの間まで見ていた母親から十五年の年齢が差し引かれている訳なのだから。

で、マジマジと母さんを眺めながら思う。

二十代後半で豊満な胸の持ち主――ぶっちゃけ、美人だ。

良くもまあ貴族に見初められずに無理矢理妾にもされず、普通に恋愛結婚ができたモノだと思う。

「二歳のお誕生日おめでとうー！」

今日は俺の二歳の誕生日だ。

ボロボロのログハウスの中には精一杯の豪華な料理が並んでいる。

まあ、とは言っても……いつもの黒パンにベーコンのスープがついているだけなのだけれど。

ともかく、貧乏なりに全力で頑張った感を漂わせる状況での祝いの席となっている訳だ。

近所の人達も呼ばれていて――そこには当然、お隣さんのコーデリア一家の姿もある。

コーデリアを抱く赤髪の女性を見て『ああ、おばさんも若いなー』と、素直な感想が浮かぶ。

そして、これまたとんでもなく美人だ。

抱かれているコーデリア自体が『本当に人間なのかよ』という程に整った顔をしているので、その母親が美人であることは当たり前と言えば当たり前なのだが……。

まあ、それは良しとして、母さんに抱かれている俺はテーブルの上の黒パンに手を伸ばそうとする。

「こらこらリュートちゃーん？　リュートちゃんにはちょーっと固形物は早いかなー？」

そう言うと、母さんは俺を抱えながら部屋の片隅に移動を始めた。

我が家は貧農だ。

家は当然のように狭く、一部屋しかない。

そして母さんが向かったのはカーテンで仕切られている場所だ。

……一部屋を無理矢理に二つに仕切っていると言えば分かりやすいか。

まあ、要は多目的に使われる場所なのだが、今回は授乳室代わりに使われているという寸法だ。

そして母親は乳房を取り出した。

「はいリュートちゃーん。オッパイでちゅよー」

「あらマクレーンさん？　まだお乳を吸わしているので？」

カーテン越しにコーデリアの母の驚いた声が聞こえてきた。

その疑問も当然のもので、ウチの母親は二歳児にオッパイを吸わせているのだ。

無論、それは非常識な事で、通常の赤子の場合は一歳にもなれば卒乳となる……一回目の時は正直面喰らったものだ。

いや、そもそもそれ以前の問題だったか。

何しろ見知らぬ美人女性の胸をいきなり吸えというシチュエーションに慣れる……と、そこから始まったのだから。

「ええ、吸わしていますが何か？　何か……おかしい事でも？」

「…………いや、おかしいと言えばおかしいし、おかしくないと言えばおかしくないと言いますか……」

おばさんがゴニョゴニョと口ごもっているその時、コーデリアの父親が抱いていた赤子の泣き声が聞こえ始めた。

それはコーデリアの弟で、生後数か月の赤ん坊だ。

「あらあら。ウチの子もお腹が空いちゃったみたいね」

そう言うとおばさんもカーテンの仕切りの中に入ってきた。

そうしておばさんもウチの母親と同じく乳房を露わにして息子に授乳を始めた。

で、俺が母親の乳を吸いながらおばさんを見ていると、おばさんは冗談っぽく笑ってこう言った。

「ん？　リュート君は私のオッパイも欲しいのかな？」

笑いながらそう言うおばさんに、ウチの母親がマッハでこう言った。

「欲しがってません」

迫力のある声色で——そして全否定だった。

「……えっ？」

しばしの静寂が流れる。

そして俺はやはり母親の乳を吸いながらおばさんの様子を窺っている。

再度、おばさんはニコリと笑い冗談っぽくこう言った。

「やっぱり、リュート君は私のオッパイも『欲しがってません』」

おばさんが言い終える前に母さんは『欲しがってません』と断言した。

「……えっ？」

「リュートは私のオッパイだけがあればそれでいいんです」

「……えっ？」

「リュートは……私の……私のオッパイだけがあればそれでいいんです」

「…………えっ？」

「リュートはママが大好きなんです。ママがラヴなんですっ！　何なら試してみますか？」

「試す……？」

「この子は私以外の抱っこを嫌がります。抱っこしてみますか？　他の人に抱かれるとこの子はすぐに泣きますから。だってリュートはママが大好きなんですから泣かないはずがないですからっ！」

「………えっ？」

かなり引いた様子のおばさんに向けて、ウチの母親は俺を差し出した。

そしておばさんは条件反射的に両手を広げて、俺を抱っこした。

「すぐに泣きますから」

自信満々にそう言う母親だったが、俺は泣かない。

地球での記憶が復活する前の俺は本当にママが大好きな人見知りっ子だったということだが……。

「……泣きませんよ？」

おばさんにそう言われると同時、ウチの母親の顔面が蒼白になった。

「何で……どうしてなの⁉　リュートちゃんっ！　リュートちゃんっ⁉　こんな女よりもママが……リュートちゃんはママが好きよね？　リュートちゃんはママに抱っこされたいのよね？　だったら……何で⁉　何で泣かないの⁉　泣き叫んでママに助けを求めないの⁉」

「こんな女……？」

キョトンとした表情を浮かべるおばさん。

彼女は前回の時と同じく、今回のこの対応でウチの母さんの異常性に気付いたはずだ。

それでもまあ、結局、なんやかんやで仲良くご近所付きあいをしてたんだからコーデリア一家も相当だとは思う。

――そろそろお気付きだろうが、ウチの母親は病的なレベルで息子大好きなのだ。

そのまま、母さんは俺を抱えて玄関へと走り出し始めた。

「おい、お前⁉　どこに行く⁉」

呼び止める父さんを無視して母さんは脱兎の如く走り去っていった。

「リュートちゃんを……リュートちゃんをお医者様に……っ！」

そうして、村唯一の薬師の家へ向けて物凄い勢いで一直線に駆けていく。

――まあ……そんな感じで相変わらずの母さんに俺は安心した。


そして時は流れて深夜。

今現在の時刻は分からないが、まあ……丑三つ時とかそういう感じだろう。

ベビーベッドに寝かされた俺は周囲を窺った。良し、母さんも父さんも寝ている。

個室があてがわれているのであれば、もう少し大胆に行動に移れるのだが……と、俺は寝たままの姿勢で掌を天井に向けて突き出した。

そして念を込める。

――できた。

今、俺が何をしているかというと……魔法を使っているのだ。

それは俗に生活魔法と言われるもので、概念を理解していてコツさえつかめば赤子ですらも使う事は簡単だ。

まあ、概念を理解する事は普通の赤子には難しいというか、生まれながらに高レベルの魔力制御のスキルを持っているような、感覚で全てをこなしてしまう天才児以外には、無理なんだけどな。

そこはホラ、俺は頭は大人で体は子供的な……名探偵的なアレだからクリアーしている訳だ。

で、その魔法行使の結果として、室内に微かに風が巻き起こった。

赤子の起こす風なので窓から風が舞い込んできた程度の威力もない。

だから、両親が寝ている今であれば、感付かれて面倒になるとかそういう事はない。

しかし、わざわざ夜中まで起きてて、その上で生活魔法を使って室内に微弱な風を起こす。

その事に何の意味があるのかというと……風を起こすその事自体に意味はない。

風を選んだ理由は一番目立たないというだけだ。

別にマッチ程度の火を起こしても良かったし、スプーン一杯の水を出しても良かった。

俺の目的は――つまり、魔法を使うと俺のＭ　Ｐ《マジックポイント》が消費されるという事にある。

再度、俺は天井に向けて掌を突き出した。するとと再度室内にゆるやかな風が起きる。

一回、二回、三回、四回……目は不発。

どうやらここで俺の魔力は打ち止め……枯渇したようだ。

で、どうして俺はMPがゼロになるまでそんな事を繰り返したかというと……そんなもんは決まっている。

強くなるためだ。

——さて、そろそろ本題に入ろうか。村人が強くなるためにはどうすればいいか……その第一段階にな。

と、その前にまず、叡智と言うスキルを説明しなければならないだろう。

□スキル：叡智

この世界では書物にS～Eのランクがつけられている。

このスキルはBランク以下の全ての書物を脳内で検索及び閲覧する事が可能であり、今回は持っていない二回目の人生の際に俺が持っていたチートスキルだ。

ランク分けの基準は概ね二つ。

純粋に、情報そのものの秘蔵性が高い場合もあれば、その情報そのものが危険である場合もある。

秘蔵性の高さについては何となく想像がつくとは思うが、情報の危険性については補足説明が必要だろう。

スパイ映画なんかで良くあるように、知らなくてもいい事を知ったから消されるとか……そういった意味での危険じゃなくて、この場合は知る事自体が本当に危険なのだ。

例えば魔術書そのものに魔法がかけられていて、読んだ者に精神汚染が与えられるだとか、そう言った意味で……だ。

そして、スキル：叡智はBランク級の本についてまで、頭の中で閲覧する事ができて、なおかつ危険性も完全に排除される。

前回のチュートリアルの時は、幼児の時代はとにかく頭の中で本を読みまくって色んな知識の習得に努めたもんだ。

——そして今回、俺が使用する知識の種本は……道徳的な意味で禁書に指定された類《たぐい》のものであり、ランクはBとなっている。

書いている内容も過激だし、この本が書かれた背景もちょいっとヘヴィに過ぎる。まあ、ちょっとした魔術学院の図書館のその奥……特別な許可が下りなければ閲覧が許されるようなモノじゃあないだろう。

まず、その本の背景について説明しよう。

単刀直入に言うのであれば、とある魔術師団体が行っていた——人体実験を克明に記録したモノだ。

で、その魔術師団体ってのはカルト宗教の色彩の濃い物で、それはそれは素敵な連中だったらしい。

本の中身はと言えば……お上品なPTA会長のおば様だったりすると、読み始めて数行で顔をしかめる素敵な構成となっている。

まあ、頭がブッとんだ魔術師連中が、人体実験を何の制約もなしにやりまくってるってなもんで……道徳的な意味合いはおいといて、当然の事ながら学術的な価値は高い。

そもそも、どうしてその魔術師団体が人体実験なんて行っていたかと言うとだな……どうにも、その魔術師団体はマジメに世界征服を研究していたらしい。

世界征服だぜ世界征服……ちょっと笑っちゃうよな。

で、最強兵士を育成するために人体改造の実験を諸々に試しまくった成果が、その本と言う寸法だ。

それはそうとして、本に記載されている方法論は人間と魔物の融合実験だとか副作用有りなドーピングばかりでゲンナリだった。

強くなれるにしても、そっち系で強くなってもあまり意味はねーからな。

一時的なドーピングについては……まあ、今後、他に遥かに効率的で真っ当な方法でやる予定だから、この本に書かれてるような内臓がボロボロになったりするようなのはパスだ。

と、まあ、そんな感じの読み飛ばしてもいいような系統の記載ばかりだったが……とある項目が俺の目に留まった。

□幼少期におけるＭＰ（魔力）拡張について

この項目をきちんと説明するには魂の概念と宇宙意志にかかる原初生命エネルギー……まあ、説明しなければならない事は色々ある。

けれど、きちんと説明すると物凄く長くなるので、相当な部分をはしょって説明しようと思う。

単刀直入に言うと、赤ちゃんの才能は凄いんだ。

それはもう、とんでもないんだ。

以上だ。

…………と、ここで終わると暴動が起きそうなので少し掘り下げて説明をしよう。

現代の日本でも子供は霊感が強いだとか、子供には大人の見えないモノが見えるだとか、そういう話は良くあるのでイメージがしやすいと思う。

更に言うと、何かを教えた時の子供の吸収率は本当にとんでもない。

そしてここは異世界で、魔力と言う概念がガチで存在する世界な訳だ。

で、魔力を枯渇するまで使っちゃうとどうなるか……原住民風にカタコトで言おう。

――アカチャン、マリョク、カクチョウリツ、マジハンパナイ。

つまりはそういう事だ。

で、そこについて、俺には絶大なアドバンテージがある訳だ。

なんせ、普通の赤ちゃんは魔力の使用法を知らないんだからな。

まあ、スキルで生まれながらの天才だったりする場合は感覚で魔法を使えるのだが……

その場合でもMPが枯渇するまで赤ちゃんが魔法を使用する事はない。

何故なら、MPがゼロになるまで魔法を使うってのは、それはもう、相当にヤバい状態な訳だ。

地球でも低栄養状態で過激な運動をするとハンガーノックと呼ばれる現象が起きて、栄養不足で体が一時的に全く動かなくなる事がある。

それと似たようなレベルで、ヤバい状態なのがMPゼロと言う状態だ。

人間の体の構造と言うのは良くできているもので、大人でも普段使わない筋肉を使ったりすると筋肉痛が起きたりする。

そんで、魔力枯渇状態の場合は筋肉痛の比じゃないレベルの頭痛が生じる訳だ。

実際、今、俺はとんでもない頭痛に襲われている。

数十秒に一発ずつ、金属バットのフルスイングを脳天に打ち付けられているような……

と形容すれば、いくらかこの痛みが分かってもらえると思う。

スキル：不屈が発動しているので何とか耐える事ができるが、それでもかなりキツい。

だから、チュートリアルの時はこの方法を知ってはいても使う事ができなかった。

いや、正確には何回か試した事はあるが、スキルなしではとても耐えられるようなモノではなかった。

たとえ強くなれるとしても、どこの世界に自ら進んで切腹を毎日するようなマゾがいるのだと言うのだろう。

まあ、そういうレベルでこれは……かなり無茶な特訓方法だ。

でも……と俺はほくそ笑んだ。

だからこそ、この方法を使用できるのは世界広しと言えども俺だけなのだ。

大人の記憶を持った俺ですら耐えられない痛みに、幼児が痛みに耐えて黙々と修行することができるはずもない。

そんな事はありえない。

頭痛に支配されるボヤけた視界の中……やはり俺の表情から笑みは崩れない。

頭を支配する痛み、それは際限なき魔力拡張を意味している。

――確かに、俺は村人だ。

でも、ＭＰの幼少期の拡張率に限っては――通常人の数百倍という領域に達している。

勇者も、賢者も、聖者も、魔王も――今の俺のＭＰの成長率には誰もかなわない。

ダントツのぶっちぎりだ。

俺は間違いなく、すぐに世界最強の魔力を持った二歳児になるはずだ。

けれど……と思う。

勇者、賢者、剣聖、怪盗、聖騎士。

この世界の理《ことわり》により定められた通りに、奴らはすぐに差を詰めてくる。

そこにはやはり、生まれながらの絶望的な差がある。

凡人はいくら努力しようが、やはりすぐに天才には追いつかれるのだ。

それは才能限界という言葉で片付けられたり、あるいはそのままの意味で、理不尽と言う言葉で片付けられる事も多い。

どれだけ努力しようが、決して届かない頂《いただき》はある。

それは俺も理解している。

でも……と俺は思う。

――それならば追いつかれる前に……更に俺はぶっちぎる。村人では決して届かない頂なら……普通じゃない方法で……必ず登って見せる……と。

そして二年の時が流れた。

四歳の誕生日。

俺はステータスプレートを街の神官から授かった。

日本に住んでた頃に良く読んでたネット小説の異世界転生モノなんかではギルドでステータスプレートをもらってたりしてたもんだが……この世界では四歳の誕生日に全員が教会でもらえるという仕様らしい。

そのステータスプレートの数字は本人にしか見えない。

けれど、まあ、当然の流れとして両親には数値を報告する必要はある。だから、俺は両親に嘘をついた。

そりゃあそうだろう。

これを知られてしまうと、流石にちょっと……引かれてしまう。

そう……これが世間に知られればとんでもない事になるレベルだ。

何しろ、俺のステータスは次のような形だったからだ。

名　前：リュート＝マクレーン
種　族：ヒューマン

職　業：村人
年　齢：四歳
レベル：1
ＨＰ：3／3
ＭＰ：6852／6852
攻撃力：1
防御力：1
魔　力：1250
回　避：1
強化スキル
【？？？？？：レベル4】
防御スキル
【胃強：レベル2】【精神耐性：レベル2】【不屈：レベル10（ＭＡＸ）】
通常スキル
【農作物栽培：レベル15（限界突破：女神からのギフト）】
魔法スキル
【魔力操作：レベル10（ＭＡＸ）】【生活魔法：レベル10（ＭＡＸ）】

【初歩攻撃魔法：レベル1（成長限界）】【初歩回復魔法：レベル1（成長限界）】

うん。

当初の予想よりも……俺は育ち過ぎたみたいだ。

†

「行ってきます」

その言葉と共に俺は家を出る。

俺の家はド田舎だ。まず、家のすぐ裏は山だ。

そして山以外は田んぼに囲まれていて、隣のコーデリアの家まで五百メートルも離れている。

で……俺は四歳になって一人である程度歩き回れるようになった。

俺の家は貧しい。そりゃあそうだ、ただの村人なんだから。

それで、今現在俺は一人遊びがてら、裏山で山菜でも採っている事になっている。

というか、山遊びの天才と言えばここいらでは俺の事だ。

どうしてそう呼ばれているかと言うと、食べられる山菜は当然の事として、高値で売れる薬草なんかも高確率で持ち帰ったりするのだ。

だからこそ、両親は朝早くから夕方まで裏山を徘徊している俺に対して、ある程度の放任主義を決め込んでくれている。

——まあ、山菜採取やら薬草採取なんて、そんなしょうもない事をやっている時間はないからしてないんだけどな。

山菜、薬草、たまに兎やらの死体。

たまに持ち帰るそれらは全部……街で買っている。

それで裏山に向かった事にして俺が何をしているかと言うと……村の外まで出て金を稼いでいる。

四歳児がどうやって稼いでいるかって？　あるいは、何のために金を稼いでいるかって？

どうやって稼ぐかと言うと、それは俺のMPとスキルがあれば簡単な話だ。

で、何のために稼いでいるのかについては非常にシンプルな回答になる。

——強くなるために決まってんだろ。

と、そこで裏山へと続く田んぼ道で俺は、将来の勇者――コーデリアと遭遇した。

絹の質感の赤髪にワンピース、そして碧眼。

白すぎる肌を携えた、正に天使としか表現できない常識外れの美形。

将来は美しく育つだろう事は想像に難くないと言うか、実際にとんでもない美形に育つことを俺は知っている。

と、そんな彼女は頬を膨らませながら俺に向けてこう言った。

「わたしもりゅーとといっしょにうらやまにいく。わたしもさんさいとる」

すまんコーデリア。俺が行くのは裏山じゃなくて街なんだ。

「コーデリアは連れていかない」

「うぐぐ……ぐぐ……」

見る間にコーデリアは涙目になっていく。

「りゅーと……ぜんぜんあそんでくれない……なんで？　なんで？　わたしさみしい……」

何でって言われればそれはお前のせいだとしか言いようがない。

未だ神託を受けていないとはいえ、どこかの誰かさんが勇者認定されて、ステータスを光の速度で成長させて――異次元の領域にまで突っ走ってしまうから。

だから俺は今の内に……ぶっちぎらなくちゃいけないんだ。

そしてポンと俺はコーデリアの頭に掌を置いた。

「今度遊んでやるから……ごめんな」

すると彼女の頬に大粒の涙が流れた。

「あほ……りゅーとの……りゅーとの……あほ――っ！」

踵を返して走り去るコーデリアは涙声でこう叫んだ。

「もう……くちもきいてあげないんだから――っ！」

めんどくせぇ……と思いながら俺はトテトテと走り去っていくコーデリアの後姿を見送った。

そして彼女は途中でコテッとコケた。

「うわぁーん！　ぅ……う……ううううっ！　ぁ……あほーっ！　りゅーとのあほっ！」

うわぁ……本当にめんどくせぇ……。

そうして彼女が自分の家の玄関に入ったところで俺は歩き始めた。

「……さて」

裏山に入った俺はスキルの力を解放した。

そうして疾風の速度で森の中を駆けていく。

百メートル走に換算すると恐らく十四秒フラット程度の――幼児にしては超高スピードで森を縫っていく。

俺が使用しているのは身体能力強化：レベル４だ。

身体強化の理屈は非常に簡単だ。

魔力で筋繊維を補強して潜在能力の限界を超えた力を生み出すと言うものである。

それで、俺の年齢でこれを使える奴もいないことはない。

まあ、相当に珍しいのは間違いないが、このスキルは近接戦闘職では必須とされている技能だ。

物心ついた辺りから武芸のイロハを仕込まれる職業軍人の貴族の子弟なんかだったりすると、恐らく俺と同い年でも使えるだろう。

ちなみに、コーデリアの神託は六歳の時で彼女がこのスキルを覚えたのは七歳だったか……まあ、どうでも良いな。

更に言うとこのスキルはチュートリアル時に必死こいて覚えてレベル４まで鍛えたものでもある。

そして……このスキルのおかげでとんでもない力を瞬間的に引き出すことはできるんだけれども、そこには当然対価がある。

魔力で筋肉を補強する訳だから、必然的にＭＰを使用するのだ。

そして、近接職はＭＰが低いと相場は決まっているものだ。

だから、本当に瞬間的に爆発的に身体能力を高める場合に普通は使用される。

例えば戦闘中だとか、例えば重い荷物を少し運ぶだけの間であるだとか。

が、しかし、俺のＭＰは大人までを含めても……マジでチート級だ。

それこそ一日中でも強化していられる。

というか、顕現させずに力を加減してるだけで、実際に常に強化してんだけどな。

最近ではＭＰを枯渇させるのにも一苦労で、こういうところで地道にＭＰを浪費しないといけなくなってきている。

正直、色んな意味でやりすぎたと思わざるを得ない。

で……山を抜けて平地の森林地帯へと入る。

森を縫って走ること三十分。

ようやく街道の宿場街へと辿り着いた。

そして道の端——誰の邪魔にもならない、いつもの場所に、いつものようにゴザを敷き、料金表を設置した。

すると数分もしない内に旅人が一人靴を脱いでゴザの上に腰をおろした。

「偉く若いな……教会の修道児か？　まあ良い……銅貨二枚でいいのかな？」

日本円で概ね二千円程度の価値だ。

俺がうなずくと、旅人は足の裏を俺に見せてきた。

「歩き通しで血豆が潰れてね……後は純粋に足に疲労がたまっている」

言葉を受けて俺は旅人の足に初歩治癒魔法をかけた。

するると見る間に彼の潰れた血豆が治っていく。

満足げに頷いた彼は銅貨を差し置いて立ち上がり去っていった。

「うん。ありがとう」

俺がここでやっている事は即席の治癒魔法屋だ。

こういった宿場街で一番多いのは早馬の疲労回復やら行商人の疲労回復だ。

この街道は人通りが多く、仕事が途切れる事はなくひっきりなしに客が現れる。

特に、俺は相場の半額以下の値段でやっているからそれはもう引っ張りだこだ。

未だに俺のMP拡張のフィーバータイムは続いているのだが、ただ単純に魔力枯渇になるまで魔法の空連打ではつまらない。

そして俺位の年齢だと職業魔術師の子弟であれば、初歩的な回復魔法を扱える事も珍しくはないのだ。

――まあ、俺のように回復魔法を無限連打できる奴は存在しない訳だが。

そこで俺は怪しまれない程度の治療回数で街道の宿場街を回って、MPの消費と小銭稼ぎにいそしんでいると言う訳だ。

ちなみに、ここ半年で儲かった金銭は裏山に保管していて日本円で一千万円程度になっている。

これだけでも俺がどれ位とんでもないMPを持っているかというのが分かるだろう。回復魔法の相場の値段ってのは需要と供給があって決定されている。

で……俺はぶっちぎってるから荒稼ぎができると、まあそういうことだ。

で、まあ、これでもまだ目標の金額までは遥かに遠い。

けれど特に急ぐ訳でもなし、ＭＰ拡張を行いながらボチボチやっていってる最中と言った訳だ。

そして。

色んな宿場街を回っている内に夕暮れとなった。

ステータスプレートを眺めると、走り回っていた影響で身体能力強化のスキルも5になったらしい。

うっし、とガッツポーズをとるとゴザを片付けて家路についた。

来た道とは逆に大森林から入り、そして裏山へと抜けていく。

裏山に埋めてある壺を掘り返し、今日稼いだ金をそこに投げ込んだ。

で……裏山を抜けて田んぼ道に出た。

そこで俺はまたコーデリアと遭遇した。

「…………」

膨れっ面で彼女は俺を睨み付けている。

「どうしたんだ、コーデリア?」

「…………」

無言で彼女は俺を睨み続ける。

「だからどうしたんだよコーデリア?」

そこで彼女はプイッと効果音と共に横を向いた。

「…………もん」

「声が小さくて聞こえねーぞ?」

「いっしょうくちをきかないって……あさにいったんだもん」

うわぁ……めんどくせぇ……。

俺は懐に手をやり、そして小包を取り出した。

そしてコーデリアに近づいていく。

「ほい、お土産だ」

「……ほえ?」

コーデリアは手渡された小包を開く。

「白パンのサンドイッチだよ。ベーコンとレタスとチーズが挟んである……お前、好きだろ?」

貧農で食事として出されるパンは黒パンと呼ばれるものだ。

非常に硬くて、ぶっちゃけ喰えたもんじゃない。

スープに浸し、ふやかしてようやく食べれるようなもので、それは俺の知っているパンとは全く別のものだった。

日本で食べるようなパンは、ここでは白パンと呼ばれる高級品だ。

ちょっとした祝い事でもないと食べる機会はないもので、且つ、白パンはコーデリアの好物でもある。

「………」

しばしの無言の後、コーデリアはニマッと笑った。

「面倒な事になる可能性があるから、今すぐ、この場で喰え」

俺の言葉にコーデリアはコクコクと頷き、そして物凄い勢いでサンドイッチをほおばり始めた。

実際、こんな食物を俺から貰ったと言って家に持って帰られると非常に不味い。

父さんや母さんは俺の事を普通の幼児だと思っているしな。

「………んっ」

食べ終えたコーデリアは俺に向けて右手を差し出してきた。

手をつなげと言う事なのだろう。

めんどくせえなと思いながら彼女の手を取り、そして俺達は家に向けて歩き始めた。

「ねえねえ、りゅーと?」

「ん?」

「きょうね、きょうね、おかあさんがね?」

「あのさ……」

「なに?」

「一生、俺と口をきかないんじゃなかったのか?」

俺の言葉に、コーデリアは満面の笑みでこう答えた。

「こういうのをどういうかしってる?」

「ん?」

「ぜんげんてっかいっていうんだよ?」

これには流石に苦笑せざるを得ない。

「はいはいそうですか」

そうして、俺達は手をつなぎ合って家路へとついた。

†

春の陽気。

どこまでも青い空には綿雲がポツリポツリ。

緑の臭いの濃い田畑のあぜ道を俺とコーデリアが歩いていた。

「ねーねーりゅーとー？　たのしみだねー？」

コーデリアは既に五歳になっていて、勇者の神託を受ける直前の時期だ。

赤髪のサラサラの長髪、そして透き通る白い肌。

西洋人形を人間化させたような完璧な顔の造形。

だけど、やはり五歳は五歳だ。どこまでもあどけないと言うか……乳歯の前歯が一本抜けているので、どことなくアホオーラが出ている。

「ねーねー？　たのしみだねーってきいてるんだけど？」

「ああ、そうだな。楽しみだな」

今日は行商が来る日だ。

村の広場で行商が諸国の珍しい産物を高値で売りつける……と言うのは流石に言い方が悪いか。

諸国を巡って足を使って集めてきた需要のある商品を、少しばかりの手数料を上乗せして販売してくれると、まあそういった話だな。

当然、ここは田舎も田舎のクソ田舎なので、行商が訪れると言うのはちょっとしたイベントとなっているのだ。

話は変わるが、俺は山遊びの天才ということになっている。

で、貴重な薬草やら山菜やらを家に持ち帰り、その換金額から、少しばかりのお小遣いをもらっている。

そんな感じで、俺は同年代からすると相当に小遣いの量が多い。

まあ、実際には回復魔法で薄利多売でやってるから大人を入れても、とんでもない金持ちなんだが、そこはおいておく。

そういった理由で行商が村に訪れる度に、俺はコーデリアにたかられているのだ。

と、言うのも蜂蜜の砂糖菓子がコーデリアは大好きなのだが……いかんせん値段が高い。

実際、俺の小遣いとされている額の半分以上みたいな値段となっている。

ハタから見てたら幼馴染に小遣いの大部分をたかられている哀れな少年というところだろうか。

証拠に、行商人の親父は俺の顔を見る度に毎回半笑いだ。

「ねえねえきょうはりゅーとのかぞくはこないの？」

「去年の凶作の影響がモロに響いていて質素倹約生活ってところだな」

「しっそけんやく？」

「贅沢せずにケチに生きましょうって事」

「なるほど」

ウチの家は豆を作ってるんだが、去年の天候が最悪だった。

他の豆農家なんかでは実の娘や息子を奴隷商に売ったりして糊口を凌いでいる状態だ。

まあ、ウチには薬草探しの天才少年……いや、自分で言うと流石に恥ずかしいな。まあ、俺がいるからギリギリ何とかなっている。

流石に両親もそろそろ俺の薬草探しの才能を異常だと思い始めているが……。

と、その時コーデリアが俺に問い掛けてきた。

「ねえねえりゅーと？　ひやけって十回いってみて？」

「日焼け日焼け日焼け日焼け日焼け日焼け日焼け日焼け日焼け日焼け」

「じゃあねじゃあね？　ニワトリさんがうむのは？」

コーデリアはにんまりと笑った。

それは正に悪い何かを企んでいる顔で――

「タマゴ」

――瞬時に悪巧みを潰してやった。

本来の趣旨としては回答者がひよこと回答して、質問者がタマゴでしたと意地悪く笑いながら答えを言うという……しょうもない引っ掛けだ。

けれど、その手の引っ掛けクイズは、こちとら散々に日本の小学校で経験済みだ。

大人げなくてすまんな、将来の勇者殿。

「ぐぬぬ」

「俺を引っ掛けようなんざ十年早いよ」

ふっと勝ち誇る俺を見て、コーデリアは泣きそうな顔になる。

「でもでも、たぶんつぎのくいずにはこたえられないよ？」

「ほう……いいぞ、言ってみろ？　どんな難問だ？」

「じゃあ……すききらいのすきといういみで、すきって十回いって？」

農作業用具の鍬《すき》か何かで引っ掛けてくるのかな？

と思いつつ、俺は彼女の言う通りに言ってみた。

「好き好き好き好き好き好き好き好き好き好き」

「…………」

俺の好きという言葉の度にコーデリアの頬が赤くなっていく。

そして最後には長いまつ毛を伏せて、リンゴのように紅潮した。

地面を見つめながら、膝をモジモジさせてその場で立ち止まってしまったのだ。

「……で？」

「……………」

しばし押し黙るコーデリア。

そして彼女は気恥ずかしそうにこう言った。

「すきっていわれてうれしくて……どんなくいずをだすかわすれちゃった」

あらやだこの子可愛い。

これには、流石の俺も撃沈せざるを得ない。

と、そこで俺はコーデリアの頭を撫でながら、彼女について抱く感情を整理してみた。

幼馴染でもあり、妹のようなものでもあり、あるいは娘や姪のようなものでもあるのかもしれない。

現時点は論外として、十五歳時点までの彼女を知ってはいるが……それにしても恋愛対象か否かと問われると、それは違う気もする。

――でも、俺がこいつを大切に思っているのは間違いないし……。

何度も考えた命題だが、やはり自分でも良く分からない。

と、その時、俺とコーデリアは目的の広場に着いた。

同時に彼女の表情に、パァッと笑顔という名の向日葵《ひまわり》の花が咲く。

「今日もいつもの蜂蜜の砂糖菓子でいいのか？」

「りゅーとはここでちょっとまっててねっ！」

それだけ言うと、彼女は一人で行商人の露店市に駆け出していった。

「おい、コーデリア？」

まだ早い時間だったので人影もまばらだ。

コーデリアは行商人に何やら語り掛けると、何かを手渡す。

代わりに行商人から小袋を受け取り、再度こちらに戻ってきた。

「……？」

コーデリアは小袋を俺に突き出してきた。

「きょうはわたしが、りゅーとにおかしをかってあげるんだよ？」

「えっ？」

「んとね、えとね。ずっとおこづかいをためてたんだよ」

この菓子って結構高いはずだ。

こいつが毎月どれくらい小遣いを貰っているかは分からないが……少なくともこいつからするとそれは本当に安い買い物ではない。

「…………何で？」

「きょうはね……えとね……りゅーとのたんじょうびでしょう？」

「あっ……」

完全に忘れてた。

毎年、この時期になると妙に母さんが張り切るから……それで……今年はその季節の風物詩がなかったせいだな。

でも、あの息子大好きな母さんが……どうして……ささやかな誕生パーティーをしなかったのだろう。

いや、むしろ話にすら出さなかったのだろう……と、そこで思い至った。

――去年の凶作が……本当にヤバいところまで、家計に響いてきているようだ。

今度、上手い具合に目立たないように……まとまった額を家に入れる必要があるな。

頭痛の種が一つ増えた事に溜息が出そうになったが、それは必死にこらえた。

っていうのも、プレゼントをもらった直後に浮かない顔ってのは流石に礼儀に欠けるからだ。

「うれしい？　りゅーとはうれしかった？」

「ああ。ありがとうなコーデリア」

ニコリと笑って俺はコーデリアの頭を撫でてやった。

「えへへ」

破壊力抜群の無邪気な笑顔が俺に襲い掛かってくる。

どうにも、こいつの笑顔を見ていると自然と頬が緩んでくるから困りものだ。

「じゃあ帰ろうか？」

すると、キョトンとした表情をコーデリアは浮かべる。

次に、小首を傾げた。

そして最後には不満そうに頬を膨らませた。

「えっ？　なんでもうかえっちゃうの？」

「ん？　もう買う物は買ったし……ここでの用事は終わったんじゃないのか？」

「わたしのぶん……」

「えっ？」

今にも泣きそうな表情でコーデリアはこう言った。

「はちみつのおかし……わたし……かってもらってない」

ああ、俺へのプレゼントはソレはソレで、自分の分のお菓子は……コレはコレなのね。

将来絶対こいつ……甘い物は別腹とか言い出す人種だな。

やれやれとばかりに俺は肩をすくめて財布を片手に行商人へと向かって歩き始めた。

――ちなみに、いつもよりもかなり多い分量を買ってあげてしまったのは……まあ仕方ないだろう。

名　前：リュート＝マクレーン
種　族：ヒューマン
職　業：村人
年　齢：六歳

レベル：1
ＨＰ：3／3➡12／12
ＭＰ：6852／6852➡10420／10420
攻撃力：1➡15
防御力：1➡15
魔力：1250➡1923
回避：1➡35
強化スキル
【身体能力強化：レベル4➡10（ＭＡＸ）――使用時：攻撃力・防御力・回避に×2の補正】
防御スキル
【胃強：レベル2】【精神耐性：レベル2】【不屈：レベル10（ＭＡＸ）】
通常スキル
【農作物栽培：レベル15（限界突破：女神からのギフト）】
魔法スキル
【魔力操作：レベル10（ＭＡＸ）】【生活魔法：レベル10（ＭＡＸ）】
【初歩攻撃魔法：レベル1（成長限界）】【初歩回復魔法：レベル1（成長限界）】

どうも、俺です。

ぶっちゃけ……予想よりもかなり成長しております。

……魔力チートヤバいなコレ。

とは言っても俺の職業は村人だ。

魔力やＭＰがどれだけ高くてもスキルを覚える事ができないので、高位魔法は扱えない。

証拠に、どれだけ魔法を使っても初歩魔法レベル１で魔法の成長は止まっている。

まあ、今現在は使い道のない、剰余した魔力やらＭＰやらその辺りは龍の里に受け入れてもらえれば大分解消するんだけどな。

っていうか、現段階で魔物は狩れるんだが……経験値稼ぎやレベルアップはまだしない。

それは理由があっての事だ。

本日俺が出向いた先は……家の裏山を抜けた先にある渓谷地帯だ。

そこには大きな滝があって、そのほとりに小屋を建てて住み着いてる小汚いオッサンがいる。

俺の住んでいる村では、そいつは変人という事になっている。

実際、昔は村に降りてきた時にも商店はボッタクリ価格で対応したり、普通の村人も遠巻きに陰口を叩いたりと無茶苦茶な対応をしていた。

そして時系列からすると、今、この瞬間から数か月後にコーデリアは神託を受ける。

王都からお偉いさんが我が村に色々と駆け付けるのだが——その時に、そのオッサンがとんでもない人物だったと言う事が判明するんだよな。

——バーナード＝アラバスター
かつて王都騎士団で最強と呼ばれた剣豪だ。

近くに住んでいると言う事で、とりあえずのコーデリアの剣術指南役として村長が頭を下げにいったんだが、余裕で断られた。

そりゃあそうだろう。

散々、変人扱いしといて正体が判明した瞬間に掌返しだと流石に気分が悪いだろう。

で……田舎の辺境の国の騎士団内で最強と言われたからって、そこはぶっちゃけ俺はどうでも良い。

重要なのは彼の経歴なのだ。

彼は村人として産まれ、村人として成長し、そして村人として結婚した。

農作業を営む傍らで三人の女の子宝に恵まれて、貧しいながらにも幸せな家庭を築いていた。

事件が起きたのは末の子供が生まれてから三年目の事だった。

――彼の村がオークの集団に襲われた。

戦力差は歴然で、男達は抵抗する事も諦めて、村はただなされるがままに蹂躙《じゅうりん》された。

女は犯され、そして苗床とされるために攫われて、穀物庫から全ての貯蔵も奪われた。

当然、彼の妻と娘達もオークに攫われてしまった。

――そして全てを失った彼は村から姿を消した。

それから。

十年の歳月が経ち、王都の剣術大会に忽然と彼は現れた。

そうして、並居る強豪を押しのけて見事優勝を果たし、騎士団に入団することになる。

更に数年の歳月の後、彼は騎士団長を襲名し、オークの集落を壊滅する事に全ての心血を注いだ。

実際、彼の本名よりもオーク＝キラーとの異名の方が遥かに有名だ。

で、そんなこんなで、この国から全てのオークを駆逐すると同時、彼は騎士団から退団して世捨て人のように渓谷地帯に一人で住むようになった。

まあ、彼からしたら今の人生はオマケのようなモノなのだろう。

それで俺にとって重要なのはただ一つだ。

彼はただの村人だった――しかし……田舎とは言え、村人のままで剣術大会で優勝する事ができた。

だから、俺は彼のところに今現在……足を運んでいるという訳だ。

そうして、俺は渓谷に建てられた掘っ立て小屋のドアノブに手を伸ばした。

†

「帰れ」

それがバーナードさんが蒸留酒をラッパ飲みしながら俺に対して口を開いた第一声だった。

五十歳手前の総白髪。

筋骨隆々で無精ヒゲの男は十畳一間程度の広さの部屋に住んでいた。

室内を見渡すと、至るところに酒瓶やゴミが転がっている。

非常に室内は不衛生で、なおかつ酒臭い。

「こっちも手ぶらで帰る訳にはいかねーんだよ」

中身が入ったまま転がっている酒瓶を拾う。

これまた転がっているコップに蒸留酒を注ぎ、俺は一息で飲みほした。

不味い酒だ。

日本のコンビニでボトル七百円程度で売られている安ウイスキーの方が遥かに美味い。

「坊主……イケる口なのか？」

「もう少し上等な酒はねーのか？　いくらなんでもこりゃあ酷いぜ？」

そこでバーナードさんはニヤリと笑った。

「変わったガキだな。で……弟子入りだったかな？」

「ああ、そういう事だ」

しばしバーナードさんは考えて首を左右に振った。

「帰れって言ったのは実際にそのままの意味だ。今の俺は誰かに教える事はできない。と言うのも……」

俺はバーナードさんの言葉を掌で制した。

「病気……の事だよな？」

そこでバーナードさんの顔色が露骨に変わった。

「誰にも……言った事はねーんだけどな？」

「そりゃあまあそうだろうな」

俺は不敵な笑みでそう返した。

今から一年後にバーナードさんは肝臓を壊して死亡する運命となっている。

それを俺が知っているのは、敢えて言うなら反則みたいなものなのだから……と、そこで間髪容れずに俺は懐から小瓶を取り出した。

「おい……小僧……これは……？」

「エリクサーだよ」

肝硬変……内臓疾患に効果テキメンの魔法の妙薬だ。

現代日本にこんなものがあって、数に限りがあれば、それこそ億単位を積んでも値がつかないような薬だろう。

そして貴重な材料が湯水のように使われるので、生産量は少ない。

必然的に、この世界でもとんでもない値段で取引されているものだ。

呆けた表情でバーナードさんは青色の液体が詰まった小瓶を眺め、そして笑い始めた。

「フハハッ……！　フハハハッ！　小僧……どうやって金を作った？」

「……回復魔法でちょこちょこ稼いだ」

「回復魔法を使えるのか……それにしたって、エリクサーを買えるような大金を稼ぐなんて……」

しばし俺は押し黙る。

言おうか言うまいかしばし悩み、そして正直に打ち明ける事にした。

「俺のMPは10000を超えてるんだ」

「……ハァ？」

そう言って、俺はステータスプレートを差し出した。

「ステータスオープン。他者の閲覧を許可する」

そしてバーナードさんの瞳が大きく見開かれた。

後――長い、長い沈黙だった。

誰にも明かした事のない病気を言い当て、更にエリクサーを持参した謎の少年。

しかも、人外のＭＰと魔力を持つのだ。

逆の立場だったら薄気味悪い事この上ない。

「……お前は妖怪……あるいは天魔の類か？　ＭＰ１００００超えなんざ……Ｂランクか……下手すればＡランク級の魔術師のレベルだぞ」

「いいや、俺は普通の人間だぜ？」

この返答が妙にウケたらしく、バーナードさんはクスリと笑った。

「で、ＭＰ１００００を超えるような化け物がどうして俺に師事を乞う？　魔法の扱い方なら王都……いや、帝都に赴いて魔術学院にでも入ればいいだろうに」

「俺は――村人だ。どれだけ努力しても初歩魔法しか使えねーよ」

しばし考え、バーナードさんはコクリと頷いた。

「色々と……訳アリのようだな。で……なるほど、だからこそ俺のところに来たのか？」

「ああ。だからこそ金を貯めた。あんたに勝手に死なれたら俺が困るんだよ」

「ハハッ……本当に薄気味悪いガキだな？　事情を詳しく聞かせてはくれねえか？」

「俺は強くならなくちゃならねえ。それ以上の事は……すまないが勘弁してくれ」

「まあそうだろうな……で……お前の目的は鋼体術だな？」

コクリと俺は頷いた。

鋼体術――それは肉体を強化するスキルである。

今、俺の持っている身体能力強化とは大きく違うものだ。

潜在能力をベースとしてそれ以上の力を引き出すのが身体能力強化の法であり、元々が村人の貧弱な肉体が強化されてもそれはタカが知れている。

そこで登場するのが鋼体術だ。

それは肉体のベースそのものを強化し、底上げするスキルである。

ただし、MPを非常に喰うスキルであるため、普通はそれを習得しようとするモノ好きはいない。

バーナードさんもまた、オークに対抗するため……その初期段階のMP強化でかなりの無茶をしたはずだ。

しかも彼は村人だ。

――肝臓の疾患は酒だけが原因ではない。

ドーピング方法に聡い俺だからこそ分かる。

外道の理を駆使して――復讐のために、彼は村人である自らを叩き上げた。

る。

実際、エリクサーを飲んで内臓疾患を治したとしても体の色々なところにガタがきている。

だから、エリクサーを摂取したとしてもその場しのぎ的な意味合いが強く、天寿を全うできるほどには長くは生きられないだろう。

「しかしお前……鋼体術っていうのは身体能力強化スキルが前提となるスキルだぞ？　まずはそこから覚えなくちゃあならん訳だ」

「それならもう使えるよ」

そしてバーナードさんの両脇を両手で挟み込んでひょいっと軽々と持ち上げた。

「……なるほど。確かに使えるようだな」

「一応、スキルレベルはマックスだ」

深く溜息をついてバーナードさんは言った。

「一体……どんなガキなんだよ。しかし……そのＭＰは本当に尋常じゃねーな。一つだけ知りたい……どうやってこのステータスまで叩き上げた？」

「痛みを恐れなければ誰でもここまで辿り着ける。そして鬼門法もまたそれと同じ……」

そこでバーナードさんの表情が完全に強張った。

「鋼体術までは……まだ分かる。どこで……禁術……その言葉を知った？」

しばし俺は言葉に詰まり、そして正直に打ち明けた。

「大体の事なら……俺は知っているんだ」

　何の回答にもなっていない。

　けれどバーナードさんは妙に納得したような表情を作った。

「本当にモノノケの類か何かだな……とはいえ、俺も命を救ってもらう恩がある。で……禁術……鬼門法については知っているんだな？」

「人のままにして修羅となる——基礎ステータスを爆発的に上げる……鬼人と化す法」

「正にそれは鬼に至る門を開く方法だ……何故に禁術とされているかも知っているのか？」

「ＭＰの消費量が半端ではなく……術者が気付かずに魔力枯渇が起きた場合、魂を消費して強化が続く術式……事故死が相次いだんだよな？」

「鋼体術や身体能力強化であれば、魔力枯渇で強制的に術式が解除される。けれど——鬼門法は術者が解除しない限りは魂までも喰らい尽くす」

　押し黙り、バーナードさんは俺に尋ねてきた。

「魔力枯渇が命取りになる……死と隣り合わせの禁断の技だぞ？　それでも学びたいのか？」

　そこで俺はクスリと笑った。

「誰にモノを言ってんだよ？」

そして微笑を作って言葉を続けた。

「俺のＭＰは１０００を超えてんだぞ？」

そこで思い出したかのようにバーナードさんは笑った。

「ああ……そうだったな。あまりにも常識離れしてたもんで……普通の人間に対する説明をしちまった……そりゃあそうだ……お前であれば……鬼門法を完全に扱う事も……」

そして俺の頭を鷲掴みにして、乱暴に頭を撫でてきた。

「――お前……強くなれるぞ」

「だから言ってるじゃねーか」

俺はバーナードさんに右掌を差し出した。

バーナードさんは俺の掌を力強く握った。

「強くなれるで終わったら困るんだよ――強くならなくちゃいけねーんだ」

「へへっ、気性も悪くねえな！」

その言葉が嬉しかったらしく、バーナードさんは破顔した。

そうして俺の頭をクシャクシャになるまで乱暴に撫で回し続けた。

そして——そこから六年の歳月が過ぎた。

名　前：リュート＝マクレーン
種　族：ヒューマン
職　業：村人
年　齢：十二歳
レベル：1
ＨＰ：12／12➡50／50
ＭＰ：10420／10420➡12050／12050
攻撃力：15➡35
防御力：15➡35
魔　力：1923➡2154
回　避：35➡55
強化スキル
【身体能力強化：レベル10（ＭＡＸ）——使用時：攻撃力・防御力・回避に×2の補正】

【鋼体術：レベル０➡10（ＭＡＸ）——使用時：攻撃力・防御力・回避に＋１５０の補正】
【鬼門法：レベル０➡５——使用時：攻撃力・防御力・回避に＋２５０の補正】
防御スキル
【胃強：レベル２】【精神耐性：レベル２】【不屈：レベル10（ＭＡＸ）】
通常スキル
【農作物栽培：レベル15（限界突破：女神からのギフト）】
【剣術：レベル０➡４】【体術：レベル０➡６】
魔法スキル
【魔力操作：レベル10（ＭＡＸ）】【生活魔法：レベル10（ＭＡＸ）】
【初歩攻撃魔法：レベル１（成長限界）】【初歩回復魔法：レベル１（成長限界）】

チュンチュンと雀のさえずりが心地良い。
昨日も鬼軍曹であるところのバーナードさんにしこたまに痛め付けられた。
全身を筋肉痛が襲っていて……必然的にフカフカのベッドから離れがたい。
けれど、俺には惰眠を貪っている時間などない。

俺もついに今年十二歳になった。そして今日は三月二十七日だ。

――つまりは、後……一週間でゴブリンが村を襲撃してくる運命となっている。

一旦はコーデリアがゴブリンの集団に立ち向かい、拮抗した戦いを繰り広げる。

しかし、最後には数の暴力に押されて敗北の憂き目にあう。

その後、通りすがった龍がゴブリンを片付けてくれる……というのが前回の歴史。

で、今回は、俺はそのまま龍の里に連れていかれるという事になっている。

実際のところ、この村とも……しばらくお別れになる訳だ。

そうであれば諸々のやり残した事を急ピッチで片付けていく必要がある。

そう……やらなくちゃいけない事が残っている。

痛みとだるさの残る体に鞭を打って俺は薄目を開く。と、同時に俺は溜息をついた。

やり残している事の、その一。

それは寝ている俺の唇を奪おうとしてる三十を少し過ぎた妙齢の美人――つまりは俺の母さんだ。

「おはようリュートちゃん？　目覚めのキスよ？」

言いながら母さんは唇をすぼめた。

そしてそのまま俺の唇に向けて顔を近づけてきた。

ひょいっと、母親の口撃を避け、俺は上半身を起こした。

「母さん……？」

「何？」

一呼吸おいて、俺は真剣な声色を作りこう言った。

「……そういうのはもう……やめようよ」

「そういうのって……どういうのをやめろってリュートちゃんは言っているのかな？」

ひょっとこのような表情を浮かべて、母さんは小首を傾げた。

「目覚めの……キスだよ。もう、そういうのはやめよう」

苛立った俺に、理解ができない……と言う風に母さんは口をポカンと開けた。

「どうして？」

深い――深い溜息。

そうして俺は意を決してこう言った。

「俺はもう……十二歳なんだ。目覚めのキスは……いいところが六歳位までだぜ？」

「……えっ？」

「……」

言葉と同時、母さんはフリーズした。

「……」

「……」

「……」

見つめ合う俺と母さん。

互いに、無言。

「……」

「……」

「……」

「……」

母さんが小刻みに震え始めた。

そして、その表情からは見る間に血の気が引いていく。

挙句の果てに、その顔色は青色を通り越して土のような色に変色してしまった。

おいおい、どんだけショック受けてるんだよ……。

「……」

「……」

「……」

「……」

「……」

「……」

「……」

「……」

長い——長い沈黙。

母さんの震えは徐々に収まっていく。それにつれて、表情にも血色が戻っていく。

うん。

やはり、息子からの直接の説得は効いたらしい。

とはいえ、やはり息子が大好きすぎる俺の母さんの事……一時的にショック状態に陥って、震えなどの諸症状に陥ったようだが……。

でも、ショックから起きた諸症状も緩和されたようだし、どうやら……母さんも分かってくれたようだ。

証拠に、母さんの震えは止まり、血色も戻った。しかも、色々と思いなおして吹っ切れたのか柔らかい微笑も浮かべている。

流石に、十二歳の息子相手に毎朝の目覚めのキスは異常に過ぎる。

うんうんと俺は何度も頷いた。苦節十二年……前回時も合わせると二十七年間もこの母親につき合わされたんだからな。

そう考えると、母親の子離れの第一歩の瞬間に立ち会えた訳で、それにはやはり感慨深いものがある。

そうして、微笑を湛《たた》えたまま母さんはこう言った。

「おはようリュートちゃん？　目覚めのキスよ？」

母さんは再度唇をすぼめて、俺の唇に向けて顔を近づけてきた。


まさかのテイク2。


アレやコレやソレの全てをなかった事にして、再度一から全てをやり直すと言う荒業
……っ！

ざわ……っ！　ざわ……っ！　と、俺の肌が粟立っていく。

――ショックから立ち直ったのじゃなくて、現実逃避しただけなのかよっ！

と、俺はドン引きを通り越して、半ば呆れてしまった。

が、しかし、ここで母さんを甘やかす訳にはいかない。

覚悟を決めた俺は、迫りくる母さんの顔面をするりと避ける。

「どうしたのリュートちゃん？」

「……そういうのはもう……やめようよ。俺はもう……十二歳なんだ」

俺もまた、母さんの荒業を……テイク2で返した。

「……」

「……」

「……」

「……」

小刻みに震え、その表情からは見る間に血の気が引いていく。

そして、母さんは叫んだ。


「フォオオオオオオオオオオオオオオオオオオオオオオオオオッ！」


どこの変〇仮面なんだよ。

冷静に心の中でツッコミを入れる。

「リュートちゃんが……リュートちゃんっがあっあっあっあっっしゃあああああああああああああああああああああ！」

そうして母さんは玄関に向かい、奇声を発しながら田んぼ道を爆走していった。

はぁ……と溜息をつく。

いや、実際嫌いじゃないけれどね。母さんは美人だし、まだまだ若いし。

ただ、そろそろ息子離れしてもらいたいのもまた事実なんだよなぁ……。

そう、今日は三月二十七日。いや、もう、三月二十七日なんだ。

——ゴブリン襲来まで……後七日。

その際に俺は龍に拾ってもらって龍の里に赴く事になっていて……俺は当然、この村から離れる訳で……。

「あと一週間か……」

独りごち、俺はベッドから起き上がった。

サイド：コーデリア＝オールストン

私——コーデリア＝オールストンは朝食のテーブルを、家族と共に囲んでいた。

白パン、スクランブルエッグ、ベーコンのチーズサラダに燻製鹿肉のスープ。

どこの上級役人の朝食かと……我ながら苦笑する。

六年前に神託を受けてから、我が家の食事は常にこんな感じとなっている。

家も増改築したし、所有する田畑も十倍に広がった。

親戚……イトコやハトコを総動員して広大な土地を耕しているがそれでも人手が足りない。

農奴の購入や使用人を雇おうかと言う話も出ているような状況だ。

どこからそんな金が出ているかと言うと……言うまでもなく、それは勇者としての私の支度金だ。

バスケットの中に並ぶ白パンを手に取り、バターを塗って口に放り込む。

……どうにも気分が優れない。

それは私の大好きな四月一日の春の花祭りが中止となっている事もあるのだけれど……。

「来月から……騎士団預かりになるな」

お父さんの言葉に私は首肯した。

今現在、私は村で初歩的な戦闘訓練を受けている。

歩いて一時間の距離にある街の剣術道場に通ったり、たまに二週間くらい泊まり込みで王都に出向いて魔術の講義を受けたり。

まあ、まだ年齢が若すぎると言う事で、そこまでハードな事はしていない。

けれど、いつまでもそういう訳にもいかず、十二歳と言うステータス成長が本格化する区切りをもって、私は本格的な勇者としての道を歩み始める事になる。

その第一が騎士団の預かりになるということ。

見習いと言う微妙な立場だが、それでも立派な準構成員だ。

そうなれば、一か月の新兵訓練の後、害獣や魔物の討伐隊に組み入れられて実戦に投入させられる事になる。

実戦……そう、実戦なのだ。

「……うん」

軽く溜息をついた私には気付かず、お母さんが口を開いた。

「騎士団で二年間……簡単な実戦経験を積んで……そこから……十五歳を迎えれば本当の騎士様になって……」

簡単な実戦経験か……本当に簡単に言ってくれる。

当たり前の事だが、剣を振るえば相手は、脳漿《のうしょう》とハラワタと血飛沫を宙に盛大にぶちまける。

そしてそれは逆もまた然り。

勇者であっても……攻撃を受ければ傷付くし、死ぬ。

と……そこまで思って私は思い直した。

お父さんとお母さんを恨んではいけない。勇者と言えばメンタル面までもが完全無欠の……人を超えた存在なのだ。

いや、世間一般的にはそういう事になっている。

実際、神託を受けるまで私もそう思っていたし、勇者が……戦場を恐れるなどと、そんな事はあってはならない事なのだ。

でも……怖いものは怖い。

私がこれからさせられるのは、子供同士の喧嘩ではなく、人間と魔物の生存を賭けた純粋な殺し合いなのだから。

そんな私の心境には一切気付かず、お母さんは言葉を続けた。

「そこから魔法学院に入学して三年間で卒業する」

その言葉をお父さんが嬉しそうに続けた。

「そうして王立軍師範学校に入学して更に三年……軍の幹部としての教育を受ける訳だ」

お母さんは私の掌を握って、コクリと頷いてこう言った。

「その後……戦果次第で名声も地位も思いのまま。貴方は綺麗だし、下手をすると王族に気に入られて……王太子殿下の妻として迎えられる事すらも――」

言葉が出ない。

私はまつ毛を伏せると同時、軽い吐き気を覚えた。

――神託なんて……受けなきゃ良かった。

お金なんて生きていけるだけあればいいし、地位なんて私は村人のままでいい。

でも……神託を受けてしまったからには、ある程度はもう、どうしようもない事もまた事実なのだ。

「ねえ、お父さん？」

「ん？　どうしたんだ？　コーデリア？」

「……戦場って……どんなところなのかな？」

そこでお母さんが、はっとした表情を作る。

「コーデリア……あなたひょっとして……怖いの？　戦う事が……勇者になる事……が」

「………」

流石に十二年間も私をずっと見続けてきた人には分かるのだろう。

いや……違う。

私はこれまで、ずっと……誰にも心の中の不安や恐れを表には出さずに、気丈に振るまってきた。

でも、後一か月で私は戦場に投入される。

我ながら……汚いな……とは思うけれど。

土壇場のこの状況になって……私は今、この瞬間――両親に最初で最後のSOSを出しているのだ。

まつ毛を伏せて、血の気の引いた表情で、声を少しだけ震わせて……。

決して演技ではないが、そういう態度は表に出すべきではない事は分かる。

私が素直に感情を表に出すことによって、周囲がどう思うのかが分からない程、馬鹿でもないのだ。

「そんな訳はないだろう？　コーデリアは勇者として神託を授かったんだ。勇者がそんな馬鹿な事……」

違うよお父さん。

私だって本当は怖い。

「そうだろう？　コーデリア？」

助けを求めるようにお母さんを見る。

何とも言えない表情を作り、お母さんは私から顔を背けた。

…………そりゃあそうだよね。

支度金はもう受け取っちゃってるし、そもそも勇者を産んだのだから、国に勇者を滞りなく奉じる義務が……お父さんとお母さんにはあるもんね。

それに、私自身もこれはワガママだって分かってる。

私は深く溜息をつき、コクリと頷いた。

「……うん。怖いなんて事は……ない……よ」

確かに怖い。

でも――私には断ると言う選択肢はない。

「頑張るんだよコーデリア」

そう言うとお父さんはテーブルから立って、私のところまで歩いてきた。

そのまま私に立ち上がるように促した。

どうやら、私の事を抱きしめようとしているようだが……どうにも私は気分が優れない。

「……ごめんお父さん。私……部屋に戻るね?」

そう言って私は立ち上がる。

両手を軽く突き出して、お父さんの接近を拒んだ。

と、その時――リビング内に轟音が響き渡った。

私の突き出した掌に吹き飛ばされて……お父さんが五メートル離れた背後の壁まで飛んでいったのだ。

お父さんは大の字になって壁にへばりつき、そのまま床に崩れ落ちていった。

これは……と私は下唇を噛んだ。

魔力暴走――その現象の極めて軽い形が発現して、この状況が作り出されたのだと思う。

魔力暴走とはバッドステータスの一種で、重篤の場合はバーサーカーと呼ばれる事もある。

勇者や賢者なんかの上級職の才能を持つ者の幼年期に起きる事が多い現象だ。

潜在能力を上手く扱う事ができずに、本人の意図しない形で過剰な力が行使されるという……まあ、そういう事だ。

恐らく、今回は私の感情の浮沈に反応してこういう事が起きた訳で……。

と、そんな事を冷静に私は考えていたのだが……倒れたお父さんの口から白い泡が吹き出ている事に気付いて、すぐさまかけよった。

「お父さん……お父さん………？」

お父さんは気絶していて、私はどうしていいか分からなくて。

お母さんはオドオドとしていて、私と同じで、どうしていいか分からないと言う表情。

そうして、二歳違いの弟は椅子に座りながら固まっていて——私を化け物を見るような目で見ていた。

弟の視線を受け、そして私は自らの掌を見て戦慄する。

「何？　何……この力……？　勇者って何？　何なのよ……もう……訳分かんない……っ！」

弟の視線に耐え切れず——そうして私は家を飛び出した。

一時間。

二時間。

三時間。

朝に飛び出したはずなのに、気付けば時刻は夕暮れ。

誰もいない閑散とした村の広場のベンチに腰を掛ける。

「今日は四月一日。花祭り……かァ……」

そう。

今日は四月一日……花祭りの日だ。

春の訪れを祝う祭りで、広場は花で飾られて、村の備蓄からお酒と食べ物が振るまわれる――そんなお祭り。

例年なら花祭りに浮かれて、大人達は朝からお酒を飲んで、子供達も夜遅くまで広場で遊び回っているのだが……。

今年は花祭りは中止となっている。

異常気象か、はたまた魔障の影響か、あるいはその両方か。

ともかく、今年は春になっても大体の植物は花をつけなかったのだ。

穀物類の成長には今のところ問題がないらしいので、大人達は胸を撫で下ろしているのだが……。

花が大好きな私としては小さいころから楽しみにしていたイベントで……本当に心寂しくもある。

そうして、いよいよ夕暮れの朱色も強まっていく。

私は村の中を行く宛も無く彷徨い歩き、そして気付けば私は――リュートの家の前にいた。

何故自分がここに来たのかは分からない。

でも、無意識下で私はやはり、今でもリュートをお兄ちゃんのように思っているのだろう。

小さい時から一緒に育って、どこか大人びていて……私が泣いていたらいつも優しくあやしてくれて。

そんな事を思い返しながら、リュートの家の前で立ち尽くすこと数分——すぐにアイツは家から出てきた。

「おう、コーデリア……こりゃあ丁度良い。今からお前を迎えに行こうと思ってたんだ」

「……迎えに？」

怪訝に尋ねる私にリュートは無遠慮に近づいてきた。

そして、ワシワシと私の頭を撫でながらこう言った。

「花祭りだよ。残念だったよな……お前、花が好きだろ？」

「……うん。まあ……そりゃあそうだけどさ」

だから、と満面の笑みを浮かべてリュートはこう言った。

「ちょっと付き合えよ」

「……そりゃあまあ、構わないけど」

リュートが先を歩いて私が後ろをついていく。

そうしてリュートに手を引いてもらって、いつものように先導してもらう。

するとやはり、いつものようにリュートの背中が見えた。

同い年なのに何故だか大人びていて、妙に頼りがいのある……まるでお兄ちゃんみたいな幼馴染。

昔は大きな背中に見えたけど——けれど少し前から私は気付いていた。

そう、気付いてしまったのだ。

私は勇者でコイツは村人……その本当の意味を。

これから先、私の歩む道とコイツの歩む道は違いすぎる。

これまではずっとずっと一緒だったけど、これから先は……。

そう考えると、リュートの背中が小さく見えて、悲しみにも似た寂しさが私を包んでいく。

「あのさ、リュート?」

「何だ?」

しばしのタメの後、単刀直入に聞いてみた。

「……魔物と戦うってどういうことなのかな?」

「切った張ったの世界だろう。痛いし、死ぬし、血は飛ぶし、内臓がはみ出るし……ロクなもんじゃねえ」

一呼吸おいて、更に尋ねる。

コイツが相手だったら何も遠慮はしなくていい。何を言っても優しく包み込んでくれて、私が間違っていれば叱ってくれる。

それはコイツが村人で、私が勇者であっても変わらない。

これから先も、何があってもずっとずっと……コイツにだけは私は甘える事ができる。

何故だかそんな確信がある。

「……それを怖いと思うのは、おかしなことなのかな？　いけないことなのかな？」

「おかしくないいし、いけないことでもないいんじゃねーか？」

即答で返ってきた言葉に、私は若干のとまどいを覚えた。

いつの間にか私達は裏山に入っていた。

そうして徐々に周囲の樹木は深くなっていき、森の奥にどんどん入り込んでいく。

「………でも、私は勇者だから……耐えなくちゃいけないいんじゃないのかな？」

「なんで？」

心底意味が分からないと言う風にリュートは肩をすくめた。

「え？」

「嫌ならやめちまえよ。別にお前が背負い込む必要なんざねーよ」

「……え？」

「マジメなんだよ、お前はさ」

「……？」

「ある日突然神託が下って……『今日からお前が勇者だ』『はいそうですか』『国のために

命を張れ』『はい分かりました』って……無茶苦茶だとは思わねえか?」

リュートの言葉に、私はドモりながらこう返答した。

「でも、私は勇者で……」

やれやれ、とリュートはそこで溜息をついた。

「本当に嫌なら……一緒に逃げちまおうか?　お前が勇者だと知る人間がいないところまで……さ」

何を言っているんだと思う。

互いに十二歳の子供で、村から二人で飛び出しても生活ができるはずもない。

でも、このままコイツについていったら……全てが上手くいきそうな気もする。

勇者という重荷を捨てて、戦闘に一切参加することもなく――家族を作って、夫婦で土を弄りながら、ずっと幸せに暮らせそうな……。

何故だかそんな未来が確信としてイメージできる。

まあ、上手くいかなくてどうしようもなくなった時は、その時に改めて村に帰って来ればいい訳だし。

――それもいいかもね。二人で逃げちゃおうか……。

と、そう口を開こうとしたその時、そこで周囲を囲んでいた樹木が消えた。

別の言い方をするのであれば、森が急に開けた。

「良し……ついたぞ」

十メートル四方程度。

花壇……なのだろうか？

開墾されて整地された土地には赤レンガが敷き詰められて、これまた赤レンガで作られたプランター。

アネモネ、チューリップ、ヒナギク、マーガレット。

至るところに色とりどりの花が並んでいて、私は思わず息を呑んだ。

いや、それ以上に……私は花壇の四方を壁のように包み込んでいる樹木に絶句した。

「この花は……？」

無数のピンク色の花弁。

チラリチラリとその花を散らしながら、それでも力強く生命の息吹を感じさせる——満開の花に覆われた樹木。

「桜だよ。六年前に東方の行商人から苗を仕入れた」

「……サクラ」

初めて見る花。

私はしばしの間、我を忘れて見入ってしまった。

数分の後、そこで私は我に返り、ようやくリュートにこう尋ねる事ができた。

「……ここは何？」

「作った」

そっけなくそう答えるリュートに、私は困惑の表情を作らざるを得ない。

「……作った？」

「いや、だってさ……お前……好きだろ？」

「何が？」

「いや、だからさ……お前……花……好きだろ？」

リュートが何を言っているのか分からない。

いや、言語としては分からないことはない。けれど、到底納得できることではない。

それにそもそも……と私はリュートにこう尋ねた。

「……今年は花が咲かないんじゃ？」

「……大厄災が——迫っているのかもな」

私は小首を傾げた。

「大厄災？」

「この前も凶作があっただろ？　大地の精気が歪《いびつ》な形で抜かれている……そんな印象を受けるな」

「どうしてアンタにそんな事が分かるの？」

「土弄りの天才だから。一応、俺は農作物栽培のスキル持ちだぜ？」

「……なるほど」

そう断言されてしまえば納得せざるを得ない。

「で、どうやって花を咲かせたの？　大地の精気が地域的におかしい状況で、だからこそ、ここいら一帯に花は咲かないんでしょう？」

「大地の精気ってのは魔力供給で代替できるんだ」

「……私にも分かるように説明してもらえると助かるんだけど？」

「うーん……まあ、成長に必要不可欠な肥料みたいなモンだよな。そんなノリで毎日……MPを土に流せば……まあ、ごらんの通りって訳だ」

「……なるほど」

感嘆の溜息と共に、再度、花壇……否、庭園を眺める。

「……」

「……」

「……」

「これだけの規模の庭園……時間……どれくらいかかったの？」

「七年……だな。山歩きを始めてから毎日少しずつ……草を抜いて樹を切って……土を弄って種を植えて……少しずつ、少しずつ……な」

「……七年って……アンタ……」

「………地道にコツコツってのは大事だぜ?」

不敵に笑うリュートだったが、私は正直なところ、若干呆れている。

十二歳の子供が……。ただの村人が……。人知れずに……七年間もかけて……こんな庭園を……。

「……」

「……」

と、そこで私はひょっとして……と尋ねた。

「……これ、本当に私のために作ったの?」

「さっきも言ったろ?　お前のためだ」

「……」

いいや、とリュートは首を左右に振った。

「お前だけの……ためだ」

何故だろう。

凄く胸が……キュンとした。と、同時に下腹部に淡い熱を感じた。

なんだろうこれは……この気持ちは……。

と、それと同時に『ああ』と、私は思った。

その瞬間に、私の心を満たしていた憂鬱と疑問の全てが大きな風に吹き飛ばされるように雲散霧消していく事を感じた。

そうなのだ。

私は力を授かったのだ。

でも、力を持っているのは決して私だけじゃない。

リュートは……村人と言う枠内で、農作物栽培と言うスキル――力を持っている。

戦士としての力……私とは違うけれど、それはそれぞれに与えられた役割が違うと言う事、ただそれだけの話なのだ。

そう、リュートは村人としての役割、土を弄ると言う農民として申し分のない才能を持っているんだ。

そしてコイツは、その力で……陰鬱だった私の心の曇りを一気に晴らしてくれた。

だからこそ、ようやく私は気づく事ができたんだ。


――私の力の使い方。


私の力、戦う力、勇者の力。

それは何のための力？

そんな事は決まっている。

——大切なモノを理不尽な暴力から守るための力だ。

リュートはリュートのやり方で人を幸せにできるし、私は私のやり方で人を幸せにする事ができる。

それは普通の人にはできない——私にしかできないコト。

だったら、できるではなく、それはしなくてはならない事なのだ。

「……ありがとうね、リュート」

「ん？　どうした？」

「吹っ切れたよ、色々と……ね」

「吹っ切れたっつーと？」

ハハッと笑って私はこう言った。

「説明するとめんどくさいけど……私——頑張るからね」

「訳分かんねーやつだな、オイ」

うんと頷いて拳を作って右手で、トンと自らの胸を叩く。

そうして私、コーデリア＝オールストンは誓った。

誰にでもなく、自分自身の心に、強く誓ったのだった。

コイツだけは……そして、コイツと私を育んでくれた私達の村だけは……ひいてはこの国と大地と人々を……何があっても私は守る。

覚悟は決まった。

そう。

これが私の生きる道。

サイド：リュート＝マクレーン

――そして二日後。

俺達の村に、ゴブリンの軍勢が現れる日が到来した。

――チュートリアルの時……あの日、俺はその場にただ立ち尽くしてコーデリアを眺める事しかできなかった。

ゴブリン達が俺の村を襲ったのは、純粋に食料が足りなかったから略奪したかったとか……そういう理由だったんだろうとは思う。

……で。

コーデリアには既に勇者としての神託が下っていた。

とはいえ、彼女は十二歳だったのだ。

確かに、職業適性が勇者と言う事で、今後の伸びしろは化け物クラスだった。

その時点でのステータスも通常人と比べると、それは確かに凄いものだ。

でも……彼女はまだステータス的な意味でも本格的な成長前の、十二歳なのだ。

その時点での実力で言えば、冒険者ギルドで過去の栄光を肴にクダを巻いているような中年ベテランの方がまだいくらかマシだった。

ゴブリンの数は多分……千を超えていたと思う。

——あまりにも多勢に無勢。

そんな中、大人達は勇者である彼女に全てを押し付けて矢面に立たせた。

自分達はというと、村の教会に立てこもってただ震えているだけだった。

所詮は相手は雑魚種とされる……ゴブリンだ。

周囲の村も巻き込んで……大人達が総出で鍬や鋤で応戦し、コーデリアをみんなでサポートしていれば……あるいは村全体の力でゴブリンを追い払う事もできたかもしれない。

——でも、大人達はそれを選ばなかった。

ただ、勇者と神託が下っただけの十二歳の少女に全てを託して、自分達は我先にと安全な場所に立てこもったのだ。

そうして、無数の屍の中、刃がこぼれて脂が回った剣を片手に彼女は獅子奮迅の働きをした。

彼女の身体能力をもってすれば、ゴブリンの軍勢から逃れる事はできた。

でも、彼女はそれをしなかった。

建物の路地裏。背後は壁。

馬鹿な事に彼女は……数の暴力に押されてボロボロになりながら、彼女の背後で震える少年を守っていたのだ。

——そう、その少年とは……逃げ遅れた俺の事だ。

泣いても誰も助けに来てくれない。

戦おうにも戦う術《すべ》がない。

ただ、目の前でコーデリアは傷付いていく。

何度も彼女は俺の方を見て、こう言ってくれた。

「リュート⁉　生きてる⁉　大丈夫だから……私がいるからっ！　こんな奴等全部片付けるから……っ！　何かあればすぐに助けに行くから……大声で私を呼びなさいっ！」

そう言う彼女自身が全身から血を垂れ流して、顔面が蒼白だった。

そして俺は無傷だ。

正直、その事が一番……辛かった。

そう、俺は……コーデリアを助けるどころか、戦いの場にすら……そもそもの土俵にすら立てていない。
――無力の罪をその時、俺は初めて知った。
無数に繰り広げられる斬撃。
そして惨劇。
返り血と自らの血でコーデリアの髪が更に真っ赤にそまる。
やはり多勢に無勢。
いよいよスタミナが尽きて、彼女は片膝をついた。
彼女を囲んでいたゴブリン達がその包囲網をジリジリと詰めてくる。
ギリギリの状態で彼女はゴブリンと戦っていたが、遂に限界を迎えた。
ゴブリンの槍をまともに受ける。
そして……右手に、一生残る程の深手を受けて、その場に倒れ込んだ。
後は嬲《なぶ》り殺されるだけと思っていたその時――
――龍が現れた。
そうして俺とコーデリアは龍に助けられる事になる。

これが、前回の歴史だ。

そして、今回……龍は俺を助けた際に、そのまま龍の里に俺を連れて帰る事になってい る。

だから、俺はできるだけ前回の歴史になぞってコトを進めなくてはならない。

変に俺が力を貸して、コーデリアと俺とでゴブリンの軍勢を追い払ってしまったら…… 龍が来ないかもしれないのだ。

――ぶっちゃけ、それは困る。

だから、俺は今回……ゴブリンの襲撃の際に逃げ遅れたフリをした。

そして建物に囲まれた路地に迷い込んだ。

そうしてゴブリンに囲まれた俺のピンチに、狙いすましたかのように、赤髪を振り乱し てコーデリアが現れた。

それからの出来事は正に前回のリピートといった感だった。

迫りくるゴブリンの軍勢を、コーデリアが物凄い勢いで片付けていく。

けれど、戦闘に不慣れな彼女はペース配分がつかめずに徐々にスタミナとMP切れを起 こしていく。

今の俺なら正確に分かる。

――動きに無駄が多すぎる。身体能力強化を馬鹿正直に使い過ぎだ。俺と違ってコーデ リアのMPは有限なのだから……対多数戦のこういった長丁場であれば節約をしなければ……。
ギリギリと俺は歯ぎしりするが、彼女の手助けはできない。
何故なら、俺が手助けをしなくても彼女は絶対に死なない事が分かっているからだ。
そう、多少の怪我はするが……それでも死なないのだ。
下手に手を出して歴史を変えてしまう方が遥かに厄介な事になる。
「キャッ……！」
コーデリアの頬にゴブリンの槍の穂先が掠めた。
軽く血をにじませてコーデリアは絶叫した。
「このおおおおっ‼」
ゴブリンの腹部に剣閃が走る。
パックリと腹部を開いたゴブリンは臓物を垂れ流しながら倒れた。
彼女が剣を振る。
ゴブリンが倒れる。
彼女が剣を振る。
ゴブリンが倒れる。
彼女が剣を振る。
ゴブリンは倒れ、彼女の背後から矢が飛んでくる。

間一髪で直撃を避けるが、彼女の肌に傷がまた一つ刻まれる。

戦闘が開始してからどれくらいの時間が経過したのだろうか。

前回のそれと同じく既に彼女は満身創痍だ。

肩で息をしながら、彼女は路地の隅で事態をただ眺めている俺にこう呼び掛けた。

「リュート⁉　生きてる⁉　大丈夫だから……私がいるからっ！　こんな奴等全部片付けるから……っ！　何かあればすぐに助けに行くから……大声で私を呼びなさいっ！」

そう言う彼女は、やはり全身から血を垂れ流して、顔面が蒼白だった。

そして、やはり前回と同じく俺は無傷だ。

それから——無数に繰り広げられる斬撃。そして惨劇。

返り血と自らの血でコーデリアの赤髪が更に真っ赤にそまる。

やはり多勢に無勢。

いよいよスタミナ……いや、正確にはＭＰ切れだな。

ＭＰ枯渇症状に陥り、彼女は戦闘不能となり片膝をついた。

彼女を囲んでいたゴブリン達がその包囲網をジリジリと詰めてくる。

このまま放っておけば、コーデリアは深手を負うけれども……後数分で龍が助けに来る。

だから、俺は奥歯を噛みしめながら、ただその光景に必死に耐えていた。

——このままで良い。

ここで変に俺が歴史を改変しちまって……龍が助けに来なかったら大変な事になる。

あの時コーデリアが受けた傷はそれほど深い物じゃあない。とんでもない量の血は出てたけど……命に別状なんてありえねえ。

なら、これでいい。

そこで一匹のゴブリンがコーデリアの右斜め前方から飛び出してきた。

あれは……と俺は思う。

そう、あれは忘れもしない――コーデリアの右手に一生残る傷をつけた腐れ外道だ。

唇を噛みしめると血の味がした。

――このままでいい。コーデリアは死にはしない。

でも……と俺は思う。

アイツ……この時の傷……これから受ける大怪我の傷――古傷を見られるのを気にして、夏でも長袖だったよな。

膝をついているたった一人の少女。

大人達に見捨てられて孤軍奮闘する彼女の心境を思う。

勝手に勇者にされて、祭り上げられて……命を張らされて。

そして今、出血多量とＭＰの枯渇で動く事すらままならない。

そう思うと、彼女の背中が酷く頼りなげに見えた。

――それは十二歳の少女の――当たり前の小さな小さな背中に見えた。
何のために俺は強くなろうと思ったんだろうと自問する。
英雄になるため？
――確かにそれもあるだろう。
コーデリア率いる勇者一行のメンバーになるため？
――確かにそれもあるだろう。
でも、そうじゃない。俺が本当にしたいのはそれじゃない。そんな事じゃない。
俺が本当にしたいのは――
――彼女の隣に立って、対等な関係を築いて……その上で、彼女を守る事ができる自分になる事だ。

気が付けば俺の体は勝手に動いていた。
――スキル：身体能力強化発動。
――スキル：鋼体術発動。
――スキル：鬼門法発動。
何のために……俺は黙々と牙を磨いていたんだ？　今、この瞬間のためにだろ？
――――そうだろう？　リュート＝マクレーン？
――いや、飯島竜人っ！
俺は自問に対して苦笑した。
「ああ、違いねえっ！」
そして俺はコーデリアに襲い掛からんとするゴブリンの頭を掴んでいた。

「おい、お前さ……誰に手を出そうとしてんの？」

そのままゴブリンの鳩尾《みぞおち》にボディーブローを入れる。

グギャッと甲高い奇声と共にゴブリンは胃液を吐き出し、そしてくずおれ悶絶した。

――やっちまった。

でも、これでいいとも思う。

ここで俺がゴブリンの群れを片付けた場合、龍は現れないかもしれない。

けれど、コーデリアをここで泣かせてしまえば――それは本末転倒もいいところだ。

だから、これでいい。

「おい、コーデリア？　良く一人でここまで頑張ったな……ここから先は俺に任せろ」

「リュート……？　アンタ……ゴブリンと戦う気？　村人の……子供のアンタが？」

そうして俺はコーデリアの剣を奪い取る。

「確かに俺は村人だ」

「逃げなさい……いいから！　私を見捨ててもいいから……アンタだけは逃げなさい！」

「大丈夫だ」

「でも、アンタは村人で……」

「俺は村人だ。けれど、普通の村人じゃない」

「……？」

「俺は——地上最強の村人だっ！」

周囲のゴブリン全員を睨み付ける。

「こうなっちまった以上は一匹たりとも逃がさないぜ？　で……さ、さっきも聞いたけどさ……お前等さ？　よってたかって……誰の許可を得て……コーデリアに触れようとしてんだよ？」

剣を構える。

俺の正面にはゴブリンの集団……その総数は概ね五百程度だろうか。

以前の俺なら腰を抜かして、ただ震える事しかできなかっただろう。

でも、今の俺は以前の俺じゃない。

二回目の……この十二年間は伊達じゃない。

——びっくりする位に負ける気がしねえ。

そして背後には動けぬコーデリア……立場は今ここで、逆転したのだ。

それを自覚し精一杯の声を俺は張り上げた。

「——さあ……まとめてかかってこいやっ！」

挨拶代わりに近くにいたゴブリンを一閃。

チーズケーキにナイフを入れるように腹部がサックリと裂け、そして臓物が溢れ出る。
――鬼門法出力増大……っ！
俺の体表から朱色の闘気が溢れ出す。
そして、加速。
まるでスローモーションのように景色が流れる。
剣を振る。
ゴブリンの臓物が垂れ流される。
更に加速――剣を振る。
ボロ雑巾のようにゴブリン達は骸を作っていく。
斬る。
攻撃を避ける。そしてゴブリンの肉を裂く。
斬る。避ける。裂く。
斬る。裂ける。裂く。
――無数の攻防の選択肢の中から最善手を取り続ける。
一手でも誤れば数の力に押し切られるだろう。
と、そこでコーデリアに襲い掛からんとするゴブリンが目に入る。
慌てて俺は彼女に向けて駆ける。

雑念と焦りが最善手を誤らせる。

肩口に矢が被弾。同時に背後からゴブリンの槍が頭部に向けて繰り出される。

振り向きもせずに首を動かして槍を避ける。

頬にかすめた傷から血が一筋――そして、背後に向けて剣を一閃。すぐさまゴブリンの崩れ落ちる音。

チイッと舌打ちと共に矢を抜く。

――誰かを守りながらの戦いは本当にやりづらい。いや……コーデリアもまた俺を守りながら……。

加速。加速。更に加速――全開出力。

斬る。避ける。裂く。

斬る。裂ける。裂く。

――いつしか俺は思考を停止させていた。

ゴブリンの総数は未だ四百を超えている。

あまりにも多勢に無勢。

考えていてはとても間に合わない。

そう。

考えてから動くのではなく――反射で動く。

ここ数年、バーナードさんに師事を乞い……幾万も幾十万もの回数を繰り返した剣術の基本の型の通りに体を反射的に動かしていく。

返り血を全身に受け、目を開ける事も……それをぬぐう事すらもままならない。

無数の刃こぼれの上に、血と脂がまわってボロボロになったコーデリアの剣。

この剣は役に立たないと判断し、ゴブリンの死体が握っている槍を奪う。

加速。加速。限界を超えて——加速。

思考も……肉体も……全てを加速させる。

乳酸が蓄積されていく。

徐々に腕が重くなり、足が言う事をきかなくなってくる。

膝が笑い、完全に足が止まった時に俺は溜息をついた。

これは身体強化関係の術式によるＭＰの枯渇ではない。

——純粋にスタミナ切れだ。

これが実戦か……と息を呑む。ＭＰ切れを起こしたコーデリアをこれじゃあ笑えない。

駆使する肉体が悲鳴をあげ、ドクッ、ドクッ、ドクッ——心臓が波打つ。

大きく、大きく、深呼吸。

火事場の馬鹿力とは良く言ったもので……何とか、まだ体は動いてくれる。

足は……動く。

とはいえ、車に喩えるとガソリンメーターは赤ランプが絶賛点滅中だ。
当然、長くはもたない。
突く。避ける。裂く。
突く。裂ける。裂く。
突く。避ける。裂く。
突く。裂ける。裂く。
そしていつの間にか周囲の景色すらも見えなくなる。
突く。避ける。裂く。
突く。裂ける。裂く。
突く。避ける。裂く。
突く。裂ける。裂く。
気づけば、周囲に蠢《うごめ》く魔性の類の気配は完全に消え去っていた。
ゴブリンから奪った槍を支えに、全身で息をしながら空を見上げる。
そこで、背後から声が聞こえた。
「リュート……？　アンタ……本当にリュートなの？」
震えた声色でコーデリアが俺に尋ね掛けてきた。
「……それ以外の何だって言うんだよ」

「でも、アンタは村人で……」

彼女の視線の先には積み重なった死屍累々の山。

半分はコーデリアがこさえたもので、そしてもう半分は俺がこさえたものだ。

「だから言っただろう……俺は村人の中では……最強に近いんだよ」

苦笑しながらそう言う俺に、コーデリアは納得がいかないと言う風に頬を膨らませた。

「……多分アンタ、後百体位だったら狩れるよね？」

しばし考え、俺は首肯した。

全身に傷をこさえ、そして肉体は悲鳴をあげているが……まだ、動ける。

ＭＰに至っては十分の一も消費していない。

「勇者よりも強い村人って……アンタ……どんな手品を……？」

手品か……と俺は肩をすくめた。

「確かに手品だな。実際に種もあれば仕掛けもあるんだから」

「……？」

コーデリアが小首を傾げたところで、俺は背後に圧倒的なプレッシャーを感じた。

俺の背後の存在に気付いた彼女の表情が見る間に蒼ざめていく。

「どうやら、お迎えが来たみたいだ」

「……あっ……あっ……ぁ……ぁわわっ……」

口をパクパクさせる彼女の視線の先。

俺は背後を振り返った。

「へへっ……来るのが遅いじゃねーか？　俺一人で……片付けちまったぜ？」

そこにいたのは、ただひたすらにデカい真紅のドラゴンだった。

体長は十五メートルはあるだろうか、その圧巻の巨体には前回の時は絶句したもんだ。

「使命を帯びた……神託のくだりし小さき者の危機——様子を見に来れば……これは一体いかなることだ……？」

龍は不思議そうに俺を見つめる。

「心を読めよ。それが一番早い」

龍は目を細め、そして驚愕の表情を作った。

「面倒な言質を取られたものだ……これでは龍の住処に連れて帰らぬ訳にはいかんではないか」

俺は思わず吹き出してしまった。

「本当に一言一句同じなのな？」

龍もまたカッカと笑い、そしてこう言った。

「龍は……嘘をつけぬからな」

「それじゃあ、連れていってもらうぜ？」

龍と俺は頷き合い、そして俺は龍に向かって歩いていく。

と、そこで背後からコーデリアの声が聞こえてきた。

「……リュート？　どこに……アンタ……どこに行くつもりなの？」

「龍の里だ。数年は戻らない」

「………………龍の……里？」

肩をすくめて俺は言った。

「俺の強さには秘密があるんだ。実際に種も仕掛けもあって……努力の結果……こうなった」

「……なんで……龍の里に……？」

「お前は勇者だ。今は俺の方が強いかもしれないが、このままじゃ一年もすればすぐに追いつかれる……だからだよ」

そこでコーデリアはまつ毛を伏せる。

「……アンタが常識外れの訳が分からない存在になっちゃってたってのは……これだけの数のゴブリンの死体をみれば嫌でも分かる…………私の知らないところで勝手に努力して……化け物みたいに勝手に強くなって……村人の癖に勇者を助けちゃったりして……挙句の果てには数年間も勝手に村から出るって？」

「必要な事なんだよ。凡人がお前と肩を並べるには……必要な事なんだ」

「そりゃあそうでしょうよ！　村人が勇者よりも強くなっちゃうなんて、尋常じゃない努力と方法を駆使してきたんでしょうよ！　私の知らない内に……勝手に……人知れずに無茶をしてきたんでしょうよっ！　気に喰わない……私に黙ってそういう事するのは本当に気に喰わないっ！」

「いや……気に喰わないって言われても……」

「そもそも、私と肩を並べるって……そんなことしなくていいじゃん？　アンタは村人で私は勇者で……私がアンタを守ればいいじゃん？　無茶して頑張らなくてもいいじゃん？」

「いや、でもお前さ……」

そして彼女はその場で地団駄を踏んだ。

「……嫌なのよ……全部言わせるつもりなの？」

「嫌？　どういうことだ？」

「絶対に……それだけは嫌なの……」

「嫌？　だから何が？」

涙目になって彼女は叫んだ。

「リュートと何年間も会えないなんて……絶対に嫌だって言ってんのっ！　そこに私の意志ないじゃん！　勝手に決められてもこっちも困るって言ってんのよっ！」

ああ……やっぱりめんどくせえなコイツ……昔っから……本当に面倒くさい。

ってか、俺が龍についていくかどうかは俺の自由意思でお前の許可は必要ねーだろうがよ。

はあ……と俺は溜息をついた。

「…………さよならは言わない」

俺はコーデリアに向かって歩みを進める。

「――必ず戻るから」

そして彼女を優しく抱きすくめる。

「………………ほえ？」

目を大きく見開いた彼女は、ふにゃあっと弛緩した表情を見せる。

そして腰を抜かしたようにフラフラとその場に崩れ落ちて膝をついた。

良し、と俺は彼女の頭をポンポンと叩くように撫でて、コーデリアに最後の言葉を投げ掛ける。

「じゃあなっ！」

前回の時、滝に落ちる直前にもコーデリアに同じ言葉を投げ掛けて、そして別れた。

色々な思いが俺の胸に去来するが、俺は龍に向けて駆け出し、身体能力強化を発動させる。

そして跳躍し、龍の背に乗った。

「別れは……それで良いのか？」

そう尋ねる龍に、バツが悪い表情と共に俺はこう言った。

「必ず戻ると言った。だからこれでいい。今回の別れは……決して今生の別れじゃない」

「実際、数年は戻れんぞ？」

「いつか戻る……必ず戻る。だからこれでいいんだよ」

真紅の龍は翼を広げ、そして跳躍した。

飛翔。

翼を羽ばたかせ、グングンと高度をあげていく。

そして下方からコーデリアの声が聞こえてきた。

「アホー！　リュートのアホー！　何でもかんでも勝手に一人で決めてんじゃないわよ……この……アホーッ‼　戻ってきても二度と口をきいてあげないんだからっ！」

本当に子供の時から変わんねーな……。

コーデリアの姿が豆粒のようになり、村のサイズも小さくなっていく。

そうして物凄い勢いで眼下の景色が流れ始めた。

本当に……変わらないな。昔からずっと……。

「必ず……強くなって、誰よりも強くなって……帰ってくるから。お前を……そしてお前が背負い込んでしまった世界を守ると言う使命を……俺が全部代わりに背負い込んでやれる位に、誰よりも強く……」

と、そこで俺は天を見上げて咆哮した。

「何が相手でも、どんな事が待ち受けていようが……俺は必ずやってやるっ！」

そんなリュートの気合いの雄叫《おたけ》びに応じるように、龍もまた力強く翼を開き空気を叩き付ける。

まるで、リュートの思いが天を駆ける速度に変わったかのように、眼下を流れる景色が猛烈な速度となっていく。

あっという間にリュートと龍は小さな村落から飛び去っていき、そして――

――ただの村人による最強伝説が始まった。

龍の里でサクサク強くなる!


「……一昨日来た方がいい」

それは平淡な声だった。

肩にかかる程度のショートカット、翡翠色の目が印象深い。

白色のローブを身にまとった色素の薄い青髪。

水色という形容が一番近いのだろうか……ともかく、白ローブの少女は開口一番にそう答えた。

「だから俺は龍王に会わなくちゃいけねーんだよ」

今、俺がいる場所は龍王の大図書館。

受付机に座る水色の髪の女は……ここの司書さんって事になっている。

ちなみに見たところの年齢は俺と同じ位で十二歳程度か……司書にしてはえらく若く見える。

龍の里。

大陸中央大森林地帯の深部の秘境。

険しい山脈を抜けたキルラ高原に、その都市は存在していた。

切り開かれた山肌に並ぶ石造建築の数々。

地球の古代インカ帝国の高地都市遺跡であるマチュピチュと言えばイメージが近いだろうか。

龍の里と言う位だから、何から何まで龍のサイズに合わせた大きなサイズを想像していたのだが、実際は大きく違った。

里の中では龍はみんな人化の法により人間サイズとなっている。

理由としては建物を造ったりする必要があるので、そちらの方が経済的という、身も蓋もないものだった。

ちなみに大図書館についてはその限りではないようで、ただひたすらに広い。

と……言うよりも奥行きと左右の広さは見当もつかない。

迷路のように本棚と通路が入り組んでいて、内部からはその構造は全く分からない。

となると、外観からその広さを推し測るしかない訳だ。

だがしかし、この施設は龍王の城の一部となっていて、どこからが城でどこからが図書館かも良く分からない。

結論として、ただひたすらに広いという曖昧な表現となる訳だ。

「龍王様じゃ……様をつけんか……この痴《し》れ者がっ！」

怖い顔でそう言う顎鬚《ひげ》のナイスミドル。

普通の人間と違って手足のところどころが赤色のウロコに覆われていて……まあ、俺をここに連れてきたのはこのオッサンだ。

「ああ、そうだったな……龍王様……だったな」

言い直した事でオッサンは満足げに頷いた。

「……ステータスプレートを早く渡してほしい。私には他に仕事がある」

無表情で、なおかつ気だるそうにそう言い放つ……というか、俺と出会ってからこの司書さんはポーカーフェイスを貫き通している。

眉一つ動かさないとは良く言ったもので、機械的というか、事務的な対応にも程があるというか、そういう印象を受ける。

「だから俺は龍王様に会わなくちゃいけねーんだよ、ここが受付なんだろ？」

コクリと司書さんは、やはり無表情で頷いた。

「……ここは大図書館でもあり、そして王宮への用件を取り次ぐ最初の窓口……そしてナーガ神族を総べる龍王様は忙しい。選ばれた者しか会えない」

「あんたも分からない人だな……そこを何とかしてくれって頼んでるんじゃねーか。俺には時間がないんだよ」

「……あんたではない」

「ん？」

「……私はリリス。親が名付けてくれた名前がある」

そこで初めて不機嫌に眉をひそめてリリスはそう言った。

「ああ、すまなかったな……」

多少、俺も強引になっていた。ここは反省しておこう。

とは言っても、龍王に会わない事には龍の加護がもらえない。と言う事は……俺はしばらくレベルアップができないということだ。

ゴブリンをあれだけ盛大に狩ったが、俺のレベルは未だに1となっている。

と言うのも俺自身が経験値の取得を拒んだのだが……。

「……んっ」

リリスは表情を無表情に戻し、そして掌を俺に向けて差し出した。

素直に従って俺もステータスプレートを差し出した。

頷くと彼女は机の下から水晶玉を取り出し、気だるそうに平淡な口調でこう言った。

「住民登録を開始する。龍の里への滞在資格……ナーガ神族……赤龍の身元引受……」

龍の里に居住するためには身元引受人が必要となってくる。

基本的に龍という種族は人間が嫌い……と言うか、力無き者の存在を軽視する傾向がある。

誇り高く高貴なる種であると自認していて、彼らにとって地面を這う弱者とは嘲笑の対象であり、極力関わり合いになる事を避ける傾向がある。

とはいえ、龍族は無差別な殺戮や暴力を好むものではなく、その気性は孤高という言葉が一番近い。

そういった理由で龍族の生態として……秘境で孤高に単独で暮らしているか、あるいはこの里で互いに認め合った強者同士で群れを作っているか……となる。

当然、ここは通常、人間が住む事が許される土地ではない。

ただし、例外がある。

自分達と同じ龍が『身元を保証するに足る存在であると認めた』ような人間であれば、その龍自身が持つ力に対する信用を担保として、特例でその滞在が許されるのだ。

で、俺がここに滞在できるのは赤龍のオッサンがナイスミドルなおかげであると……まあ、そういった次第な訳だ。

「ところで、どうしても龍王様には会えないのか？」

「……いい加減にしつこい。ナーガ神族は誇り高い種族。私も含めて人間がこの里に滞在できる事自体が奇跡」

「リリスさんも人間だったんだ？」

よくよく見てみれば、ローブから覗く肌にはウロコの類は見えない。

「……そう」

「じゃあ、逆に聞くけど、どうすれば龍王様に会える訳？」

説明するのが億劫だと言う風にリリスは軽く溜息をついた。

「……何のためにステータスプレートを預かって、これから貴方の数値を登録しようとしているのだと思っている？」

「どういう事だ？」

「……ナーガ神族は本当に誇り高い。如何に貴方が身元の保証を受けているとはいえ……制約は当然に受ける」

「っつーと？」

「……その制約の程度を今から測る。そしてここに滞在する間は貴方には腕輪をつけてもらう」

そう言うとリリスは自らの手首に嵌められた白い腕輪を指さした。

「何だその腕輪は？」

「……測定の結果、ランクに応じて支給される腕輪」

リリスは自らの腕輪に走っている金の線を指さした。

「……金の線が一本～五本でランク分けとなる。五本であれば人間でありながら龍と完全に対等の権利が与えられる。で……一本であれば人権はほとんど認められない」

　ちなみにリリスの金のラインは三本だった。

「……貴方が雑魚であればあるほど制約は大きくなっていく……金の線が一本だったりした場合、他の龍と口をきく事は無礼にあたって……ただそれだけで殺されても文句は言えない。他にも建物への入室制限や場合によっては外出時間の制限すらある」

「…………なるほど」

「……龍王様に会えないと言う事もまた、その制限の一つ。貴方の力によって面通しができる龍のランクが変わってくると……そういうこと」

　ふむ、と俺は顎に手をやる。

　なるほど、力による完全な階級社会が形成されているようだ。

　誇り高いと言うか、孤高と言うか……まあ、偏屈な考え方を持つ種族だとは聞いていたが……。

「で、龍王様に会うにはどれくらいのステータスが必要なんだ?」

「……その条件は厳しい。金の線が五本……ＨＰとＭＰのどちらかが１０００を超える事が条件。人間であればＡランク級冒険者と呼ばれるようなレベルで……とても難しい」

　なるほど、と俺は頷いた。

「それを先に言ってくれよな」

はてなとリリスは小首を傾げて、俺のステータスプレートに初めて目を落とした。

「……なんて歪な……いや……でも……これは……」

すぐさま何やら思案を始めた。

そして水晶玉の操作をしながらこう言った。

「…………龍王様との謁見予約を取った。これから二時間後……謁見の間に行くといい」

「ハァ？」

驚いたのは赤龍のオッサンだった。

「司書よ？　何を言っているのだお前は？　龍王様との謁見予約等と……」

フルフルとリリスは首を左右に振り、無表情のままでステータスプレートを赤龍のオッサンに差し出した。

そして赤龍のオッサンは驚愕の表情を作った。

「……信じられん……お前は一体……？」

いやいやいやいやいや！

逆に俺が驚くわ。

「いや、あんたは驚かなくていいだろう？　俺の心と記憶を読んだんじゃねーのかよ」

司書が無表情なのに、オッサンが驚いてどうすんだよ。

オッサンは肩をすくめてこう言った。

「我は……許可されているところしか心と記憶は読んでおらぬよ。事情の大体は分かったので汝をここに連れてきたが……三回目の汝の人生で何が行われて……今の汝がどういうステータスになっているかは我の知るところではない」

「どういうことだ？」

「……心に魔力障壁があったので、おかしいとは思っていたのだ」

「魔力障壁？」

ハァ……と表情に呆れの色を浮かべて、オッサンはこう言った。

「魔力数値２０００超え……本当に信じられないが、龍王様ですらもお前の記憶を読む事は難しいだろう」

ふむ。

何となくは気付いていたが、俺はやはり育ち過ぎていたらしい。

「言いかえるのであれば幻覚や混乱、魅了や石化……精神系の魔法をお前に有効に施術する事は非常に難しい」

こりゃあ助かった。

状態異常系の対策に色々とスキルを取ろうと思ってたんだが……その手間が省けたようだ。

「……龍王様との謁見……か……人間が……謁見……こんな珍事はいつ以来だろうか

「……」

オッサン的には色々と思うところがあるらしい。

まあ、それはいいとして……と俺はほくそ笑んだ。

――どうやら龍の里でも……最速のペースで強化を施せそうだ。

一面の総大理石に毛足の長い真紅の赤絨毯が敷かれている。

壁面を彩る絵画や天井のシャンデリアは、見た瞬間に目が飛び出る程に高価だと分かる代物だ。

数百人規模の大宴会ができそうなほどのだだっ広い部屋の中、俺と龍のオッサンは平伏していた。

俺らの頭の先数メートルに龍王は座している。

入室と同時、玉座に座る男の姿がチラッと見えた。

それは……龍王と言うには、いささか若い二十代前半に見える男だった。

いや……ただ若いだけじゃない。

「顔を上げてもいいよ。そういう風にかしこまられると、こちらも肩がこって仕方がないんだ」

妙に高い声で軽い感じの口調。

顔を上げると、そこにはやはりとんでもないイケメンがいた。

黒スーツに紫の柄のカッターシャツ。

銀髪と金髪のアシンメトリー……しかもロンゲ。

「その服装は……？」

「魔力障壁の張られていない部分の記憶……読んだんだけどさ……君なら多分……僕のセンスを分かってくれるよね？」

スーパーサ○ヤ人ばりに髪の毛をツンツンとワックスで整えている。

右目が翡翠色で左目は朱色。

漂う薔薇の香水の香り。

ヴィジュアル系と言うか、ゲームに出てきそうと言うか……はっきり言っちゃうと……ホストっぽい。

「……東京都新宿区……歌舞伎町のセンスだな……まあ、似合ってると思うぜ」

実際、とんでもないイケメンだ。

フツメンやブサメンがやっても痛いだけだが、本当の男前がやってみると……憎たらしい事にサマになるのもまた事実。

うんと頷いて龍王は嬉しそうに笑った。

「あまりにも、このファッションは……こちらの世界では未来を行きすぎていて珍妙なんだ。必然、この趣味の良さと言うか……美しさを理解してくれる人が少なくてね」

「だろうな。で……どこで手に入れたんだ？」

「漂流物……魂の存在だった君がこの世界に辿り着いたのも……漂流と言えるかもしれないね」

「……で？」

「たまにね、流れてくるんだよ。幸運にも僕はそれを拾う事ができたんだ。長期旅行用のスーツケースがまるごと……五つだったかな」

「ホスト同士の旅行か何かだったのかもな」

ニコリと頷き、龍王は俺に立ち上がるように促す。

ちなみに、赤龍のオッサンは頭を下げたままだ。

「では、君のステータスプレートを見せてもらおうか？」

ステータスプレートを受け取ると、流石の龍王も驚いたらしい。

証拠に、その眉間に若干の皺が寄った。

「ＭＰ１００００を超えるか……なるほど。僕も数千年単位で生きているが………人間の子供でこの数値に到達するには転生者以外にはまず有りえない」

「方法を知っているのか？」

「かつての友人に一人だけ……君と同じ事を試した人間がいてね。まあ、その友人は職業は村人ではなかったのだけれど……しかも、レベルが1か……これも当然狙いがあるんだろう？　恐らくは……龍の加護」

「ご明察。それも……最も効果の高い龍王の加護が必要だ」

やれやれとばかりに龍王は肩をすくめる。

「禁書も含めた希少書を読む事のできる叡智のスキル……か。全く、便利なモノだよね」

「ああ。この世界での一度目の人生の時はほとんどの時間、このスキルでの知識収集で消費したもんだ」

「しかも、大事なところだけを記憶として覚えていて……二度目の人生ではスキル放棄か」

「で、俺の狙いは龍王の加護だけじゃない」

皆まで言うなと言う風に、龍王は掌で俺を制した。

「大図書館だよね？　ああ、分かった……全ての蔵書の閲覧権限を与えるよ」

と、そこで未だに平伏したままの龍のオッサンが叫んだ。

「龍王様!?　この者の身元保証は我が行っております……何かこやつが図書館内で問題を起こした場合……我では手が負えませ……」

「ああ、その事か」

ニヤリと笑って龍王は言葉を続けた。

「この人間の身元保証については……赤龍族の君から……僕に変更する」

悲鳴にも近い驚きの声が、オッサンの喉から漏れた。

そして龍王は言葉を続けた。

「この者の腕輪は……人間に龍と同じ権限を与えるモノだが……それとは別に、この者を正式に若龍衆として迎え入れる」

頭を下げていたオッサンが面を上げる。

そして口をパクパクとさせて、見る間にその表情を蒼くさせていく。

あまりのオッサンの驚きっぷりに俺は思わずこう尋ねた。

「それってどういう事なんだ？」

オッサンが、声を振り絞るように叫んだ。

「前代未聞の特別待遇という事だ！　滞在許可ではなく……完全なる同胞として受け入れると……龍王様はおっしゃられているのだっ！」

なるほど。

「――ところで」

と、龍王はドスをきかせた声で赤龍のオッサンにこう言った。

「僕は君には頭を上げていいと言っていないよ？　不敬罪で死にたいのかな？　それとも君は僕と対等に口をきけるほどに強龍なのかな？」

満面の笑みでそう言う龍王に、オッサンはマッハの勢いで土下座の姿勢をとった。

……なるほど。

ノリが軽い感じなのと、ざっくばらんな雰囲気で騙されていた。

どうやらこいつは、普通に王としての威厳というか……そういう系のうっとうしいノリは持っているようだ。

今の状態の俺だったら、怒らしたら一瞬で消し炭にされそうだな。

まあ、それでも俺はタメ口を崩さねーけどな。

「で、どうやら俺は特別待遇みたいなんだが……どうしてなんだ？」

「一つは、君のステータスは……歪とはいえ……ＭＰという一点だけであれば僕を上回っている。そうであればその点に、僕は君に敬意を示さなければならない」

「そういうもんなのか？」

「そういうもんなんだ。それが強さに敬意を払うと言う事だ。たとえ、僕が近接職だったとしても……まあ、そういうものだ」

例えば学校の試験か何かで……総合得点で学年トップの奴が、数学だけが満点で後はボロボロの奴に対して……数学については実力を認めるみたいな感じか？

まあ、そう考えれば分からん事もないか。

「ところでね？」

「どうしたんだ?」

「——今、君が生きているのはこの世界での二度目の君の人生だよね?」

何を当たり前の事を言ってんだこいつ。

「……まあ、そうだが?」

「そう、そうなんだよ。そしてそれが君を特別待遇にする理由のもう一つだ。君という存在が……定められた世界の運命を……既に破滅の方向にシフトさせてしまっているんだが、その事には気付いているかい?」

「どういう事だ?」

聞き捨てならない台詞。

俺の声色に若干の強張りの色が交じった。

「ああ……自覚ないんだね」

やれやれ、とばかりに龍王は肩をすくめた。

「だからどういう事だと……聞いているんだが?」

「さて……君の守るべき姫君——それはそれはこの世界では特殊な存在だ。なんせ、この世界のこの時代に……四人しかいない神託の勇者の内の一人なんだからね。大厄災から世界を救う、救いの御手を担う事になる……この世界での最重要人物だ」

そんな事は先刻承知だ。

北の勇者であるコーデリア、その他の東と西と南の勇者……全員が神託を受け、そして協力して厄災に対峙する。

山奥で一人で住んでいるような世捨て人でなければ誰でも知っている……これはそんな話だ。

「……ああ、その通りだ」

「希望と言う剣で闇を打ち、厄災を払う、それが勇者だ」

苛立ちと共に俺は応じる。

「ああ、そうだろうよ」

「勇者とは、弱者を救い、魔物を祓う……そんな絶対的強者だ。違うかい？」

苛立ちが明確な怒りへと変わる。

当たり前の事をクドクド言われてもイライラしかしない。

「だからお前は何が言いたいんだよ？」

「弱者……つまりは村人は……勇者が本来救うべき弱者なんだよ？」

龍王は首を左右に振った。

「……？」

深い――深い溜息と共にこう言った。

「村人が勇者を守っちゃってどうするんだい？　全く……どうかしてるよ？」

「…………？」

「僕は記憶が読めるだけではない。世界の理もまた、少しは読める」

「何が言いたい？」

「あの時、君がゴブリンの軍勢を退けた事で、これから先の歴史は大いに狂った」

「……歴史が……狂った……だと？」

ああ、と龍王は頷いた。

「あの時、あの瞬間、本当は彼女は君を守るために、深手を負う予定だったんだ」

「言われなくても知ってるよ。で、その結果、それでどうなったかも……あいつが、真夏でも傷を気にして半袖を着れなくなったことも知っている」

「そう。そこなんだよ。彼女はその事をキッカケとして、君を守るために、更に強くなるために、自らの勇者としての資質だけに頼らずに、修練と言う意味で、限界まで自分を追い込むようになるはずだった」

「……え？　それって……どういう事？」

そう言えば、前の人生の時……あれから急に山に籠ったり、騎士団の討伐に積極的に参加するようになった。

勇者の神託をどこか嫌がっていたフシすらもあったはずなのに……確かにあいつはあの事件を境に変わった気はするな。

「どういう事も何もないよ。彼女は彼女として、自分なりに強くなる必要性を感じたからだよ」

「それは……どうして?」

「君が今抱いている気持ちと同じなんじゃないのかな?」

「俺と……同じ?」

「大切な者を守るために強くなりたいと言う気持ち。それは何よりも強いんじゃないかな」

「……えっ?」

「十五歳の少女がドラゴンキラーと呼ばれるに至る。たとえ勇者だとしても、それが伊達や酔狂でできる事だと思うかい?」

「いや、それは……」

「本来、あのゴブリンの襲撃は彼女の覚醒イベントだったんだよ。でも、君は自力で解決してしまった。救われる側が、救う側を救うと言う本末転倒な方法でね」

「いや……でも……」

「そして、それはこの世界で定められていた運命だ。まあ、今となっては別の分岐に進んでしまい不確定なんだが……」

「…………」

「——ドラゴンキラー。それは勇者が勇者である事に慢心せずに、全力の全開で修練に打ち込んで、更に命を賭けてようやく得られる称号だ」

「……」

「それは才能の問題だけで片付けられる話ではない」

「……」

「僕も全てを読み切れる訳ではない。大厄災と言っても具体的に何が起きるかも分からない。けれど……世界は大きく破滅に傾いた。それだけは言える」

黙りこくった俺に、龍王は嘲笑の笑みを浮かべた。

「なるほど。所詮は君も人の子か……少し失望したよ。まあ、それも無理はない。何しろ、コトのスケールは勇者の神託を捻じ曲げるとか、世界の命運だとか……そういう話なんだからね」

更に俺は沈黙する。

龍王と互いに無言で見つめ合う事——三十秒。

そこで俺は口を開いた。

「あいつは、勇者としては既に役に立たないと、そういう事なのか？」

「君の記憶によると……十五歳の時、彼女はドラゴンキラーとなるよね？」

「邪龍討伐……だったよな？」

忘れもしない。

騎士団の魔物討伐に同行していたアイツが、規格外の化け物に出会って、そして騎士団全滅の憂き目にあいながら――瀕死の状態で生還してきた事を。

そして、お返しとばかりにアイツはキッチリと邪龍の首と胴体をお別れさせてきた事を。

「まず、その時点で、今回は彼女は邪龍には勝てない。百パーセント死亡する」

しばし俺は押し黙り――そしてクックックと笑い始めた。

「何故に笑っているんだい？」

「要は強くなればいいんだろう？　俺が邪龍を屠《ほふ》れるくらいに、いや、アイツよりも……遥かに高みにさ」

その言葉を聞いて龍王は呆けた表情を浮かべる。

そして、しばしの後、心底嬉しそうに龍王は笑った。

「村人のままにして邪龍討伐……そしてそれを、さも当たり前のように言う……か」

「俺がそれくらいできなくちゃあ……アイツが困るからな」

クハハッと龍王は腹を抱えた。

「なるほど。なるほど……これは傑作だ……だからこそ、僕は君を気に入っているのかもしれないね」

「と言うか元々、俺が全部コーデリアの代わりに背負い込む事に決めている。だから、別にコーデリアは弱いままでいいんだよ」

「クハッ……クハハッ……なるほど。君はあくまでも勇者の……保護者であると？」

「ああ、だからちゃっちゃと龍王の加護をよこせ」

ふむ、と龍王は俺の頭に掌を置いた。

彼が少し力を入れるだけで、俺の頭蓋は破裂するだろう。

「龍王に向かって……加護をよこせか？　少し、お調子に乗り過ぎじゃないのかな？　この……人間風情が」

俺はしばし押し黙る。

そして臆さずに龍王に向けて力のこもった眼差しを向ける。

「一番効率的なのは龍族だった。でも……魔人族や……あるいは最悪の場合、悪魔に魂を売る事すらも……俺の選択肢にはある」

驚いたような表情を龍王は浮かべる。

「悪魔に……か？　しかし、その方法を選べば……恐らくは死後の世界に輪廻する事も許されず、地獄の責め苦を受け続ける……」

「無論、できればノーサンキューだ。だから俺はお前に頭を下げている」

クックックと、再度龍王は嬉しそうに笑った。

「そのタメ口で頭を下げていると言われてもね？」

「でも……お前さ、こういうノリが……お好きだろう？」

うんと頷き龍王は笑った。

「ああ、お好きだねえ……君みたいなのは大好物だ」

俺は右手を龍王に差し出した。

龍王も満面の笑みで俺に掌を差し出した。

二人がガッチリと握手を交わしたその時――俺の心臓に熱い何かが流れ込んだ。

「これって……龍王の加護？」

「ああ、そうだよ？」

「それってつまり……？」

「ああ、その通りだ――レベルアップに関する君の成長補正……職業適性：村人としての、君のマイナス要因が概ね消去される」

「それって……俺はようやく……何の気兼ねもなくレベルアップができると？　あるいは、魔物を狩ったのに経験値を拒絶しなくてもいいと？」

「敢えて……君に、僕からの説明が必要なのかい？」

「念のため……頼む」

しばし龍王は何かを考えて、そして説明を始めた。

「経験値とレベルの概念は分かるよね？」

「相手の生命エネルギーを自分に取り込んで、身体能力や魔力を強化させる術式……だよな？」

うんと頷き龍王は言った。

「その前提で問うけど……職業とは？」

「要は、神の祝福」

「おっしゃる通りだ……で……具体的に言うと？」

「成長率が……全く違う。例えば……レベルが1上がれば勇者ならステータスの攻撃力の項目が20上がるところが……村人なら3とか……そういうレベルで」

実際の数値の差異とは違うけれど、まあそういった感じなのは間違いない。

「そこで登場するのが龍王の加護だ。村人としての君の成長率が……龍人としての補正にある程度、書き換えられる。龍人……それは勇者には敵わないにしろ、賢者や聖騎士なんかの上級職と似たような成長率だよね」

そう、と俺は頷いた。

「だからこそ俺は今までレベル1のままで貫き通してきたんだ」

「だろうね」

と、そこで龍王は腕時計に視線を落とす。

「高そうな時計だな？」

「ああ、いいだろう？　念のために言っておくけど、くれと言ってもあげないからね？」

オメガの時計か……。

ビックリするくらいファンタジー世界に似合ってねえなと苦笑する。

「と、いうことでそろそろ時間だ。他に何か？」

「ああ、俺の用件も現段階ではこれだけだ」

「それで、これから君はどうするんだい？」

「そうだな……」

ニヤリと笑って俺はこう続けた。

「とりあえずは……ボチボチとレベルアップにいそしむことにするよ」

迷宮攻略でサクサク強くなる!

数日後。

「……外出許可?」

やはり、それは抑揚のない平淡な、そして気だるそうな声だった。

ショートボブに、白色のローブを身にまとった水色の髪の少女。

見た目は十二歳の図書館の司書――怪訝な表情で俺にそう尋ねたのはリリスだった。

どうにも図書館の受付では龍の里の雑務を一手に引き受けているらしく、住民票管理はおろか、出入国の管理までをさせられているらしい。

「ああ、外出許可だ。ちょっとばっかし魔物を狩りまくってくる」

しばし考え、リリスは無表情でこう尋ねてきた。

「…………貴方がここに来たのは二日前だと記憶している。それなのに、もう里の外に外出? そもそも貴方はここに強くなるために……大図書館の龍の叡智……あるいは龍族特有のスキルを得るために来たと把握していたのだが」

「別に矛盾はしねーよ。龍族特有のスキル：龍王の加護を得たからな。だからこそ、魔物を狩って狩って狩りまくって……レベルをアホほどあげなくちゃならん訳だ」

「そういえば貴方のレベルは1で……そして村人だった。龍王の加護……貴方、十二年間生きてきて……敢えてレベルを1に抑えていた？」

「そういうことだ」

ウインクする俺に対し、やはり平淡な声でリリスは言った。

「……手っ取り早く強くなるためには……レベルを上げる事が一番……成長率の事を分かっていてもそれは普通はできない」

そしてリリスは溜息をついた。

「尋常ではない力への意志。最適効率へ至る揺るがぬ心――なるほど理解した」

「理解？」

ええ、とリリスは軽く頷いた。

「貴方のような者を天才と言う……断言するが貴方は将来英雄になるだろう」

はぁ？　と俺は首を傾げた。

「ただの村人の俺が？」

フルフルとリリスは首を左右に振った。

「確かに貴方は村人。しかし才能がある」

「才能？　何の才能だって言うんだ？」

「……決して折れない心。力を求める才能がある。あるいはそれは努力の天才と言い換えてもいい」

まあ、スキル：不屈を持ってるからな。

努力の才能っていうかマゾの才能ならある。

「努力の天才……か。でも、実際……そうでもないぜ？」

「……フッ……龍王様の寵愛を受けるような人間にそんな事を言われても嫌味にしか聞こえない」

「嫌味ってお前なァ……」

呆れ顔を俺が作った時、リリスの目尻に涙が溢れた。

そしてその頬に涙が垂れ落ちていく。

「……そう。貴方は私のような凡人ではない。私は……私は……」

そこでリリスは流れる涙を、白色のローブの袖で拭った。

「おいちょっと待て……どうしたんだよ急に泣き出してさ？」

っていうか、今、涙が流れていたけど……それでも無表情だったよなコイツ？

どうなってんだよ、こいつの表情筋は……。

「……言わない」

「言わないって……お前、めっちゃ泣いてるじゃん？」

表情は変えていないが、やはりリリスの頬に流れる涙は止まらない。

「………言わない」

「いいから言えよ」

「………言わない。外出の登録は行った。とっと外へでもどこにでも行くがいい」

あぁ……めんどくせぇ……そういえばコーデリアも結構……頑固なところあったよな。

「この状態で行く事はできねーだろうがよ……」

「……私は龍ではない。そして強者に類する人間でもない。故に生きている価値がない」

はぁ……と俺は溜息をついた。

「そう言われちまったら……なおさら放っておける訳がねーだろうがよ」

「貴方のような天才の手を煩わせる訳にはいかない。所詮は……保護者なしなのだから」

「保護者なし？」

しばし何かを考え、彼女は口を開いた。

「………私はもうすぐ龍の里から放逐される」

そこでリリスは一旦言葉を止めて、様子を窺うように俺に視線を向けてきた。

「続けろ」

「……元々、私は五歳の時にここに連れてこられた。ここに来る前……物心ついた時には既に私は奴隷で……それは酷い扱いを受けていた」

「うん」

「そして……ある日……奴隷商人のキャラバンが盗賊に襲われた。大規模な戦闘が起きて……ほとんど共倒れになっていた状況だったと思う。戦える者はほとんどが動けなくなって……そこに肉食動物と、そして魔物が現れた」

奴隷商人率いる傭兵団と武装盗賊集団が相討ちって訳か。

で、そこに血の臭いを嗅ぎつけたヤバい系の生物が割り込んできた……と。

なるほど。状況は大体理解できた。

「そこに現れたのが……龍って訳だな？」

コクリとリリスは頷いた。

「……身元を保証してくれた土龍は、とても強くそして優しい龍だった」

何かを思い出すかのようにリリスは天井を見上げ、そして再度彼女の目尻から堰を切ったように涙が溢れた。

「……父さんが私に与えてくれた名前……それがリリス」

なるほど。

自分を救ってくれた龍を慕っているらしい。

だから初対面の時に名前を呼べと……ご立腹だったのか。

「で……保護者なしってのは？」

「龍にも寿命がある……老衰……だった」

やれやれと俺は肩をすくめた。

「それでリリスさん……いや、同い年なんだし呼び捨てでいいよな？」

というか、一度目と二度目をあわせたら俺は結構歳くってるけどな。

まあそれはいい。

「リリスは……それで保護者がいなくなって、龍の里で立場がなくなったと。で……追い出されそうだと……まあ、そういう話でいいんだよな？」

「……それでいい」

「で……奴隷紋はまだ生きているのか？」

コクリとリリスは無表情で頷いた。

そしてローブをはだけさせ、鎖骨辺りに刻まれた魔法陣を俺に見せてきた。

「最悪だな。性奴隷の紋じゃねーか」

「……父さんに拾われる前は……子供だから……そういう事はされなかったけど。でも、今の状態で外に放り出されれば……」

奴隷の紋章。

飼い主を伴わない奴隷の扱いは犯罪者と変わらない。

衛兵に追い回され、告げ口をされ、そしていつかは捕まって所有者の下に届けられる。

奴隷紋ってのは精神洗脳術式に近い性質のもので、解呪を行わない限りは定められたルールには決して抗う事はできない。

定められたルールってのは……例えば、飼い主は絶対であるだとか。

あるいは、衛兵には逆らってはいけないとか。

——または、夜の奉仕を断ってはいけないであるとか。

「リリスの保護者は……いつ亡くなったんだ？」

「……一か月前」

「で、お前はいつ……ここを追い出される？」

右手を突き出し、指を一本立てた。

「明日」

ああ、そりゃあ泣くわ。

っていうか、その状況で、よくぞ今までポーカーフェイスを貫けたものだと感心するレベルだ。

猶予なしって言うかギリギリもいいところじゃねーか。

めんどくせぇ……と思いながら俺はリリスに言った。

「外出はキャンセルで頼む。後……」

俺は懐に手を入れて麻袋を取り出した。

ズシリと中身の詰まった袋を受付テーブルに差し置いた。

「……これは？」

麻袋の紐をといて、リリスは驚いた表情を見せる。

「金貨が締めて五百枚だ。龍王曰く、『君がこの金銭をどう使うのか見物だ。だから好きに使ってくれて構わない……』って話だ」

「……貴方がこの金銭を私に差し出す意味が分からない」

「旅支度をしろ。俺とお前はこれからダンジョンに籠る」

やはり平淡な声色でリリスは俺に尋ねる。

「ダンジョン？　何のために？」

「ダンジョンと言えば魔物だ。で、魔物と言えば経験値だ。そうとくれば……決まってんだろ？　俺が強くなるためのダンジョンに潜るんだ」

「……やはり意味が分からない」

そして俺は自分に言い聞かせるように、強い口調でこう言った。

「いいから行くぞ？　困ってる女の子一人を救えないような男が、どうやって勇者を救うなんて大それた事ができるって言うんだよ」

フルフルと首を振ってリリスは再度俺に尋ねてきた。

「……本当に意味が分からない。詳細の説明を願いたい」

「俺は人間でありながらも龍として……若龍衆に迎えられた。それは知っているな?」

「……うん」

「身元引受の条件は成龍である事だ。違うか?」

「……その通り」

「だから俺は成龍への通過儀礼……試練の儀を行う。お前の身元を保証するためにな」

「凶悪なモンスターがはびこる祭壇の迷宮を……龍ですらも事故で死亡者が後をたたないあのダンジョンを……人間の……レベル1の村人が突破するつもり?」

うんと頷き俺は笑った。

「……言っちゃ悪いが、俺は世界最強のレベル1だぜ?」

そこでリリスはやはり表情に一切の感情の色を交ぜずに肩をすくめた。


龍の里の外れの森——そこに祭壇の地下迷宮は所在する。

森の中。

藪をかき分けた先、地面にポッカリと開いている洞穴を進む。ゆるやかな斜面を降りた後、その第一階層は現れる。

生ぬるくジメジメとした空気。

コケに覆われた岩肌に囲まれた薄暗い通路を進んでいく。

すると、鋼鉄製のドアに突き当たる。

赤サビのノブを握り、甲高い効果音と共にドアを押し開くと、その魔物が現れた。

——ミノタウロス。

頭は牛で、体はボディービルダー。

そして……とんでもなく巨大な斧を持っている。

四メートル四方程度の室内で、非常に狭い。

眼前の魔物を睨む。

相手もお返しだとばかりに圧倒的な殺意と共にこちらを睨み付けてくる。

ビリビリと空気そのものが変質してしまったかのようなプレッシャーの中、俺は息を呑みながらスキルを発動させていく。

——スキル：身体能力強化発動。

——スキル：鋼体術発動。

——スキル：鬼門法発動。

これで、俺はギルドのベテラン冒険者よりもやや劣る程度の力を顕現させた訳だ。

それは十二歳の女勇者よりもちょっとばっかし強くて、そしてゴブリン数百を軽く屠れる程度の力だ。

――十二歳の人間としては規格外に強い。でも、強者の世界では……あまりに脆い。

ブオン……と風が室内に起きた。

それは目にもとまらぬ速度でミノタウロスが斧を振るった音。

俺が今攻略しようとしているダンジョンは、成龍になるための通過儀礼とされている迷宮でもある。

実際、結構な割合で若年の龍はこの迷宮で命を散らしていくと言う話だ。

マヌケな若龍の一番の死因は――龍のウロコを過信し、防御を捨てて不用意にミノタウロスに近づいた時に起きると言う。

要は、龍の装甲すらも簡単に切り裂くダマスカス鋼で作られた巨大な斧による初撃が、その死因と言う訳だ。

間一髪で俺はその斧の一撃を反射的に避ける事ができた。

ぶっちゃけ、ほとんど勘で避けた。だって、ロクに斬撃が見えねーんだからな……。

続けざま、いつの間にか眼前一メートルに迫っていたミノタウロスの斧の斬撃が走る。

速いっ！

とても避け続ける事はできない！

一回、二回、三回、四回、五回……振り落しを避けていく。

六回、七回、八回……そして振り落しからの、上方への切り返し——俺の反射速度を上回る。

そして被弾。

——サクッ。

嫌な音が眉間に走った。

右目の視界が瞬時に朱色に染まる。

頭をカチ割られたか……とパニックに陥る。

だが、体は動く。

視界の片方は消失したが、それは額から流れる血が目に入っただけのようだ。

そしてミノタウロスは、俺を仕留めたとばかりにその表情を弛緩させていた。

余裕綽々《しゃくしゃく》、と言う風に牛男は鼻を鳴らして、そしてゆっくりと斧を振りかぶった。

——舐《な》め腐りやがって。

これは完全に俺の反撃を想定していねーな……ってか、多分、人間の子供ってのもあって滅茶苦茶に舐められてるな。

――自分は絶対的な強者で……ただの暴虐者って奴か？

いや、だからこそ……俺もまたほくそ笑んだ。

腰のナイフを引き抜き、そして牛野郎の鼻に目がけて突き刺した。

一瞬だけ、俺の反撃が信じられないと言う風にミノタウロスは目を見開いた。

「後悔……先に立たずってな！　人間様を舐めてんじゃねーぞ！」

そしてナイフはブヨンッと、まるでゴムに弾かれたようにその鼻に突き刺さる事はなかった。

「なるほど。これが成龍の試験か」

俺はそれだけ言うとくるりと百八十度のターンを行った。

そのまま全速力で入ってきたドア目がけてダッシュを行った。

「無理無理無理無理無理！　絶対無理だろこんなのっ！」

流石は若龍を成龍とするための儀式の地下迷宮だ。

普通に若龍の数十パーセントが死ぬって話だから、ゴブリン五百匹位でヒーヒー言ってる感じの……十二歳のレベル１の村人が訪れる場所ではない。

蹴破るように鋼鉄製のドアを開いて、そして大きく息をする。

ミノタウロスはこの迷宮の門番であり、中ボスでもある。

だから、ボス部屋からは出てこない。

故に、部屋から出てしまえば安全なのだ。

その場に座り込み、深呼吸で息を整える。

初歩回復魔法で額の傷を癒しながら、俺は忌々し気に「クソッ!」と吐き捨てた。

ってか、俺としても、本当にここを訪れるのは数か月後の予定だった。

ゴブリンとかオーク相手に無双して、十分にレベルを上げて安全マージンを獲得してから、満を持してここに挑戦する予定だったんだが。

事、ここに至ってはそういう訳にもいかない。

見上げると、そこに無表情の少女が立っていた。

「……どうする? 今からでも引き返す? レベル1の村人に……この地下迷宮はぶっちゃけ……無茶」

水と食料を満載させたリュックサックを背負っている――リリスは相も変わらずの抑揚のない声でそう言った。

「そういう訳にはいかねーだろうがよ」

「……最強のレベル1の村人。確かに貴方はそうだろう。規格外なのもそうだろう。そして私を助けてくれようとしているのも分かる。そしてそれは嬉しい」

嬉しいと言いながら、やはり彼女は無表情で……俺としても対応に困る。

まあ、そこは別にどうでもいいんだけどな。

「……命を張る事はない。私はこのまま龍の里を追放されて、そのまま人間界に戻って元の飼い主のところに連れ戻され性奴隷となる。その事について……覚悟はできている」

回復魔法が効いてきた。

血が止まり、包帯を巻く。

水の湿ったガーゼで朱色の視界をぬぐっていく。

「命を張ってでもお前は助ける。勝手に奴隷に堕ちるとか……決めてんじゃねーぞ」

「……だから命を張らなくてもいい。貴方はレベル1……もっと簡単な魔物で経験を積んでから……再度ここに訪れればいい」

「それじゃあ、俺がお前の身請けをするにしても……とても間に合わない」

「……だから命を張らなくてもいい」

そこで俺はクスリと笑った。

「これは俺の……意地なんだよ」

不思議そうにリリスは小首を傾げた。

「意地？」

「そうだ。ここでリリスを見捨てたら……俺はアイツに笑われるような気がするんだ」

「アイツって……？」

「……幼馴染だよ。これは……俺が自己満足のためにやっている事で、本当にお前が気にする事じゃあない」

と、そこで俺はミノタウロスの潜む部屋の鋼鉄のドアに視線を落とす。

「正攻法では敵わない。そうであれば……おい、リリス？」

「……何？」

「お前にお願いがある。森に戻って……木を切って薪を用意してくれないか？」

俺の背負うリュックサックにはサバイバル用品が詰まっている。

食料と水はリリスのリュックサック、そして俺のリュックにはスコップやら着火剤やら
……まあ、そういう感じだ。

で、俺は取り出した小ぶりの鉈をリリスに差し出した。

「薪？　何のために？」

俺は、ナイフを取り出して、ドアの近くの土壁に刃を突き立てる。

すると少しだけだが、ボロボロと壁は崩れ落ちた。

それを確認して俺は大きく頷いた。

予想通りというか、叡智のスキルで見た迷宮の設計図の通りに、この壁は脆い。

故に、壁の土を掘り返す事は可能だ。

「何って？　そんなもんは決まっている」

ミノタウロスは龍族が召喚魔法で呼び出している魔物だ。

使い魔と言えば一番分かりやすいだろう。

諸々の制約をかけられていて、あの牛野郎は絶対にあの部屋から逃れる事はできないようになっている。

そうであれば、薪さえあれば、予想通りいけるはずだ。

「牛野郎を……ぶち殺すためだ」


十時間後。

十センチ四方の穴には数本の——着火済みの薪がくべられていた。

「……正気？　こんな事でミノタウロスが……」

「正気も正気、大マジだ」

十時間の間、薪の先端——室内の方に向けて、生活魔法で常に着火を続けている。

既に燃やした薪の本数は数百、あるいは千を超える分量となっていた。

中は現在、酸素不足。

いや、さらに被せて煙とススか。

そこに被せて、俺が酸素もないのに生活魔法で……無尽蔵の魔力で、なおかつ無理に着火を続けている。

ぶっちゃけ、中は今、エライ事になっている。

けれど、リリスには全くその惨状の化学的な意味を理解できていないらしい。

「……こんな事でミノタウロスが退治できるなどと……とても思えない。薪を燃やしているだけなのだから」

「じゃあ、見てみればいい。これで死んでなければ……流石の俺もお手上げだ」

肩をすくめて、俺はドアを開いた。

開くと同時、モアッと熱気と共に黒煙が噴き出てきた。

「……これは……？　にわかには……信じがたい」

それはそうだろう、息も絶え絶えにミノタウロスがその場で痙攣していたのだから。

ってか、これでも生きてるのか……マジで半端ねえな、祭壇の迷宮……。

「……何故、こんな事が……？」

「おい、リリス？　お前さ、不完全燃焼って言う言葉を知ってるか？」

「……フカンゼンネンショウ？」

「言い方を変えよう。それじゃあ、狭い室内でモノを燃やし続けたらどうなるか知っているか？」

「……分からない」

「分かりやすく言えば……毒物が発生するんだよ。で、その毒物に肉体が汚染される事をこう言うんだ。一酸化炭素中毒ってな」

「イッサンカタンソ……チュウドク？」

リリスに練炭自殺とか言っても、まあ分かんねーだろう。

ともあれ。

ファックサインと共に、俺はピクピクと痙攣を続けるミノタウロスに向けて口を開いた。

「脳筋の牛が………食肉風情が……地球を席巻した人間様を舐めてんじゃねえぞ？」

名　前：リュート＝マクレーン
種　族：ヒューマン
職　業：村人
年　齢：十二歳
レベル：1➡12
Ｈ　Ｐ：50／50➡650／650
Ｍ　Ｐ：12050／12050➡13400／13400
攻撃力：35➡185
防御力：35➡170

魔　力：２１５４➡２３５０
回　避：55➡２２５
強化スキル
【身体能力強化：レベル10（ＭＡＸ）――使用時：攻撃力・防御力・回避に×２の補正】
【鋼体術：レベル10（ＭＡＸ）――使用時：攻撃力・防御力・回避に＋１５０の補正】
【鬼門法：レベル５――使用時：攻撃力・防御力・回避に＋２５０の補正】
防御スキル
【胃強：レベル２】【精神耐性：レベル２】【不屈：レベル10（ＭＡＸ）】
通常スキル
【農作物栽培：レベル15（限界突破：女神からのギフト）】【剣術：レベル４】
【体術：レベル６➡７】
【魔力操作：レベル10（ＭＡＸ）】【生活魔法：レベル10（ＭＡＸ）】
魔法スキル
【初歩攻撃魔法：レベル１（成長限界）】【初歩回復魔法：レベル１（成長限界）】

うっし。

レベルは大分上がったな。

攻撃力で150のアップか。

元々のスキルでの底上げ分が400あるから、そこまで劇的な改善と言う訳でもねえな。

というか、それだけ鋼体術と鬼門法の底上げがマジキチな感じってだけの話なんだけどな……。

レベル1の村人でもゴブリンみたいな雑魚相手だったら無双できるスキルか。改めて考えればとんでもないスキルだよな。

まあ、ステータスの上昇分が強さとして実感できるようになるには、更なる大幅なレベルアップが必要な感じだな、うん。

ともあれ、HPが上昇したのは素直に嬉しい。

サックリ一撃死の可能性は大分下がっただろう。

強くなるための方法は色々あるが、やっぱりレベルは可能な限りアップさせておきたい。

そして、ここは人外の住まう場所である、龍の里の地下大迷宮だ。

潜れば潜る程に魔物は強力となっていく訳で、経験値稼ぎを行う場所としては最適だ。

ぶっちゃけた話、龍の里で育った人間が外の世界に出て英雄となる理由はここの要因が大きい。

一人で外に出る事が許されると言う事は、巣立ちが許されたと言う事。

それはつまり、成龍の儀式を終えていることを意味している。

この迷宮をクリアーできる力量があるのは当然として、成龍となる際にレアスキルを貰えるのだが……それは後述しようか。

そんでもって、今俺とリリスがいる階層は長い——長い大通路だ。

土床に土の天井に、そして壁もまた土。

長い通路を歩き、ようやく突きあたりの曲がり角まで差し掛かった。

俺は顔だけを出して角の先、次の階層へと至る扉の前に鎮座する青銅像を確認した。

——武装ゴーレム。

体長は二メートルちょっと。

鎧と剣で武装していて、体の全てが金属で構成されている。

俺の腕力では文字通りに刃が立たない。

そういう訳で、真正面からでの突破はまず不可能だ。

そもそも、今現在の俺の武器はナマクラのナイフ一本だしな。

ほとんど着のみ着のまま赤龍のオッサンに連れてこられた訳だけれども……コーデリアから借りた剣をそのまま借りパクしてた方が良かったたか。

いや、あれも刃こぼれでボロボロだったな。

まあそれはいい。

で、ここにいるのはミノタウロスと同じく門番で中ボスだ。

そう、門番の次に門番……中ボスの後に中ボスだ。

それにもきちんと理由があって……まあ、この理由についてはこの階層を突破した時点でリリスには説明しておくか。

俺が妙にこの迷宮に詳しいのもすぐに気づかれるだろうし……。

というかまあ、大絶賛で叡智のスキルの恩恵に与っているって話だな。

ゲームで言うなら既にこのダンジョンの攻略本は読んでいる状態って訳。

と、まあ、俺は曲がり角の直前に陣取り、リュックサックを地面におろした。

そうして組み立て式のシャベルを取り出し、一心不乱に掘り始めた。

「……貴方は何をしている?」

「穴を掘ってんだよ」

「……見れば分かる。だから、何をしている?」

「だから、穴掘ってんだよ」

「……だからどうして?」

「強くなるために決まってんだろうが」

何かを考え込み、リリスは気だるそうにこう呟いた。

「……意味が分からない」

まあ無理もないか。確かに説明不足過ぎたな。

なんだかんだで……今、この状態での迷宮攻略は俺の予定にはなかった訳だ。

しかも初っ端からミノタウロスにサックリと額を割られた訳だし、俺も相当焦ってるんだろうな。

平たく言えば、リリスを気遣う余裕がない。

ここは素直に反省しておこう。

手招きでリリスを呼ぶ。

顔だけを出して曲がり角の先を確認するように促す。

「あのゴーレムがあそこにいるから先には進めない訳だ」

「……なるほど。確かに強そうに見える。とても貴方では敵いそうにない」

「ああ、その通りだ。で、ここは角だよな?」

「……そう」

「向こうから、角の先は見えないよな?」

「……そう」

リリスは軽く頷いた。

俺はニッコリと頷き、そして言った。

「だったら、この位置のここに穴がいるよな？」

「……だから意味が分からない」

「まあいいからお前も手伝ってくれよ」

体が疲れてきたのでリリスにシャベルを手渡した。

「……穴？」

「ああ、半径は一メートル程度……。三メートル程度の深さでいい。とりあえず交代で掘ろう」

リリスは首をフルフルと振った。

「……ミノタウロス戦で既に時間を消費している。そして三メートルの穴を今から掘る……とてもタイムリミットに間に合わない」

「ああ、そういえばリリスが里に滞在を許されているのは明日までだっけ？」

「……この迷宮は広大。ここを抜けたとしても……そもそも論として残り半日やそこらで最下層まで辿り着ける訳がない」

「いや、なんで……あと半日で最下層まで辿り着かなきゃいけねーの？」

「ん？」

二人そろって小首を傾げた。

どうにも話が噛み合っていない。

「しかし、私の滞在が許されているのは明日まで」

「うん、その話は聞いたよ？」

そこでひょっとして……と俺は息を呑んだ。

「お前さ……俺が最下層まで辿り着けば、その場で俺が身請けする訳だよな？」

「……そう」

「で、そりゃあ、まあ里の中だったら話は別だろうけど、この迷宮の中にまでワザワザ押しかけて……出ていけなんて言う奴がいると思うか？」

無表情で何かを考え、そしてリリスはこう応じた。

「……そんな者はいないと思う」

「だったら……明日にこだわる必要があるか？」

抑揚のない声で、リリスは当然のように頷きながらこう言った。

「……こだわる必要がある。何しろ、龍王様との約束では明日までに私は荷物をまとめて里を抜ける事になっているのだから」

どんだけマジメなんだよっ！

と、思わず俺は苦笑した。

「少なくともこの迷宮に潜って出るまでのタイムオーバーについては気にしないでいい。

ってもいうか気にするな」

「……いや、だがしかし……それはやはり良くない。いい加減に私も……怒るぞ？」

ふゥ……と俺は深く溜息をついた。

本気でこいつを一人で外の世界に出す訳にはいかない。ましてや性奴隷待遇なんてもっての外だ。

育ての親の躾《しつけ》が良かったのは分かるが、この性格では一人では生きていけないだろう。

綺麗すぎる川には魚が住みつかない。

マジメは美徳でもあり悪癖でもある……多少の嘘や狡賢さってのは生きていくうえでどうしても必要だ。

このまま一人で外に出したら、骨までしゃぶられて、すぐさまゴミ箱行きなのは目に見えている。

「ってか、怒るって……無表情で言われてもなァ……」

「……言葉だけでは不満？　では……態度で示そう」

リリスはやはり無表情に、けれど口を大きく広げて小声でこう言った。

「がおー」

しばし俺はフリーズし、リリスと見つめ合う。

「……えっ？」

俺が首を傾げると、リリスはやはり無表情に、けれど口を大きく広げて……再度、小声でこう言った。

「がおー」

俺はフリーズし、リリスと見つめ合う。

「……えっ？　どういう事？」

「………」

不味ったとばかりにリリスは気まずそうに俺から視線をそらした。

どうやら感情表現のやり方を彼女は間違えたようだ。

っていうか基本的に人はおろか、龍族ともロクにコミュニケーション取った事ないだろうしな……うん。

さて……これは気まずい。いや、何が気まずいってリリス自身が不味った事を理解しているのが気まずい。

ツッコミもできないし……俺も対応が分からず、気まずさのあまりにリリスから視線を外した。

気まずい空気が流れる事、十数秒。

「……ところで……聞きたい事がある」

「……ん？　何だ？」

そこで、リリスは穴を指さして俺にこう尋ねてきた。

「……しかし、何のために穴を？」

「落とし穴だよ」

「……落とし穴？」

「ああ、落とし穴だ」

「……呆れた。そんな古典的な方法で武装ゴーレムを突破するつもりだった？」

呆れた……と言いつつやはり無表情。

反応に若干困る。まあ、それはいいとして。

「ああ、突破するつもりだ。まず、俺がオトリになってゴーレムの意識を引く。そしてこの場所まで誘導する。で、奴からこの位置は死角になっている」

そうして俺はリュックサックから鉄製のワイヤーを取り出した。

「……ワイヤー？」

「ああ、トラップってのは……二重に張るもんだぜ？　曲がると同時に足をつまずかせて、穴の中に真っ逆さまって寸法だ。で、奴の肉体は金属で重い……落とし穴から抜け出るには一苦労だろうよ。穴の表面にはこれでもかってレベルで油も敷くしな」

「……でもこれじゃあ倒せない。せいぜいが時間を稼ぐだけ……時間を稼いだとしても、金属製の肉体にダメージを与えると言う根本問題が解決しない限り……倒す事はできない。

経験値は得られない。貴方の目的である強くなると言う目標は達成できない」

ハハッと笑って俺は言った。

「ああ、倒す事はできないだろうな。でも、それでいいんだよ。この手だけで決めようとは俺も最初から思ってはいねーよ」

「……？」

そうして、俺はリリスに耳打ちを行い、これからの計画の全貌を語った。

全てを聞き終えた彼女は大きく目を見開き「……なるほど」と頷いた。


——十五時間後。

五時間程度で作業を終えた俺達は食事を摂った後に交代で仮眠を取った。

若干の疲れは残っているが、それでも睡眠の効果は実感できる。

「それじゃあ行きますか」

ワイヤートラップを確認する。

良し、大丈夫。

落とし穴を確認する。

良し、大丈夫。

俺とリリスは互いに顔を見合わせて頷き合った。

クラウチングスタートの姿勢を取る。

「……スタート」

打合せの通りに俺は一気にトップスピードに加速。

そのまま猛速度で曲がり角を曲がる。

「うおおおおおおおっ！」

そして絶叫と共に全開の速度で武装ゴーレムに向けて駆けていく。

――ヴィンッと言う効果音。

武装ゴーレムの瞳に朱色の光が灯る。

彼我の距離差は十メートルってところだな……どうやらこの半径内に入ると、省エネモードから迎撃モードに移行するらしい。

ゴーレムもまた、俺に向けて走り始めた。

互いに向き合う形となり、俺は即座に百八十度ターンを決める。

再度の加速。一気の加速。

来た道をそのまま戻り、曲がり角を曲がる。

と、同時に大きく跳躍。

その先にはワイヤートラップと一メートル半径程度の穴。

俺が穴を飛び越えると同時、後方から落下音が聞こえた。

「ビンゴッ！　まあ、所詮は知恵なき鉄人形……当たり前っちゃあ当たり前か」

穴の中で手足をバタつかせているゴーレムを横目に、俺とリリスは小走りにその場から駆け出した。

向かう先は、先ほどまでゴーレムが守っていた次の階層に至るためのドアだ。

「……本当に素通りでいいの？　貴方の目的は経験値……であれば何だかんだで今は絶好のチャンスのはず……攻撃を叩き込む方法はいくらでもある」

「だから、さっきも説明しただろ？」

「……スキル：叡智。にわかには信じがたいが……この世の書物の大半を頭の中だけで読むことができる能力」

「で……俺の知っている通りなら、この次の階層はボーナスステージだ」

「……本当に……にわかには信じがたい。地下迷宮がそういう構成になっているなどと……」

そこで次階層のドアに辿り着いた。

すぐさまドアを開く。

と、そこには俺の予定通りの光景が広がっていた。

東京ドーム程の大きさの空間に、ゴブリンの集落。

「ギィッ！」

　ゴブリンの内の一匹の叫びを手始めに、蜂の巣をつついたような騒ぎとなっていく。

　そう、今の俺達が目の当たりにした光景は――見渡す限りのゴブリン。

「ここから先は迷宮が続く。そしてここは……ゴブリンの養殖場だ。食物連鎖の最下層としてゴブリンはこの迷宮に飼われているんだ。ゴブリンってのは雑魚中の雑魚だよな……それこそ、一対一なら野犬相手でも殺されるような、そんな雑魚……小鬼だ」

「……うん」

「そしてここは森だ。だからこそ初っ端から二連続で中ボスが配置されている訳だ。森の中の魔物や、熊やら狼やらにゴブリンが喰われないように……な」

「……うん」

「で、普通の若龍ならゴブリンなんて歯牙にもかけずに素通りする。ゴブリン程度ではレベル差が開きすぎていて、経験値にはならねーしな」

「……でも、貴方の場合は違う」

「ああ、俺の今のレベルは駆け出し以前の冒険者……で、今現在の光景は駆け出し冒険者の最もお得意のお客様――そのゴブリンが見渡す限りに満たされてるって寸法だな……その数は千を超える感じか？」

　――スキル：身体能力強化発動。

――スキル：鋼体術発動。

――スキル：鬼門法発動。

「さあ、ボーナスステージの始まりだ」

名　前：リュート＝マクレーン
種　族：ヒューマン
職　業：村人
年　齢：十二歳
レベル：12⬇38
Ｈ　Ｐ：650／650⬇1820／1820
Ｍ　Ｐ：13400／13400⬇14512／14512
攻撃力：185⬇390
防御力：170⬇385
魔　力：2350⬇2625
回　避：225⬇480
強化スキル

【身体能力強化：レベル10（MAX）――使用時：攻撃力・防御力・回避に×2の補正】
【鋼体術：レベル10（MAX）――使用時：攻撃力・防御力・回避に＋150の補正】
【鬼門法：レベル5➡6――使用時：攻撃力・防御力・回避に＋300の補正】
防御スキル
【胃強：レベル2】【精神耐性：レベル2】【不屈：レベル10（MAX）】
通常スキル
【農作物栽培：レベル15（限界突破：女神からのギフト）】【剣術：レベル4】
【体術：レベル7➡8】
魔法スキル
【魔力操作：レベル10（MAX）】【生活魔法：レベル10（MAX）】
【初歩攻撃魔法：レベル1（成長限界）】【初歩回復魔法：レベル1（成長限界）】

うっし。
そろそろレベルアップの効果が体感レベルで分かるようになってきた。

そういえば……と、ちょっと気になったので拳大の石ころを拾ってみる。
ふんっ！
思いっきり握る。
ブシュンッと気の抜けた音と共に石を粉砕。
かつて十四歳のコーデリアが剣で豆腐みたいに大岩を切断していた事を思い出した。
うん。
どうやらそろそろ俺も人間をやめる領域に到達したようだ。
というか、ここは若龍が成龍となるための試練の迷宮だ。
――人間をやめてないとクリアーできる道理は最初からない。
逆に言うのであればここがスタートラインだろう。
「で……ゴブリンの集落を抜けると、そこは地下水脈って訳か」
鍾乳洞の中を歩いていく。
ひんやりとした空気が火照った体に心地良い。
そして俺達は地底湖に辿り着いた。
「これは……？」
半径五十メートル程度の大きな地底湖。
そしてその半分を覆い尽くすような巨大質量。

思わず俺は息を呑んだ。

「……大ナマズか？」

俺の言葉にリリスは頷いた。

「……ええ。それも凶悪な類の……奴だと思う」

――鯨ナマズ。

文字通り、鯨みたいな大きさのお化けナマズという事からその名前がつけられた。今現在は冬眠のサイクルに入っているらしく、水中で微動だにしない。

ちなみに、文献によると活動期には悪食らしい。

まず、通りかかるあらゆる生命体にナマズのヒゲでちょっかいを出す。

そしてヒゲを巻き付けて、水に引きずり込んで食い殺すと言う話だ。

ここの地底湖は巨大な地下水路で外界とも通じているという事で、このナマズは冬眠時期にここを根城にする習性を持っている。

……ここはスルー安定だな。幾ら何でもデカすぎる。

とにかく、ナマズの直径は二十五メートル程度。

それは喩えるならちょっとした怪獣で……少なくとも今の俺がどうこうできる領域ではない。

「おいリリス？」

「……何？」

「水の残りはどれくらいだ？」

大きな革袋を取り出し、リリスはその口を開き、中を覗き込んだ。

「二十パーセントも消費していない」

しばし考えて、俺はリリスのリュックサックを奪った。

「ここで補給する。ここから先は……しばらく水場がないんだよ」

「……えっ？　でも、ここには大ナマズが……」

「大丈夫だ」

「それもまた……スキル：叡智？」

「ああ、こいつは一度寝たら……テコでも動かない事になっている。で、この時期は冬眠の時期だ」

「……反対する。これだけの巨大ナマズ……もしも何かがあればこちらは瞬時に死亡する」

「大丈夫だって、大本の文献も確か……相当に信頼性の高い公的機関の調査文献か何かだったはずだ」

ふむ……とリリスは何かを考え、そして頷いた。

「……でも……この言葉だけは心にとどめておいてほしい」

「何だ？」

「……気を付けて」

大袈裟なんだよ、と俺は苦笑しながら水袋を手に持った。

水面に袋口をつけて、そしてコポコポと空気の泡が湖面に浮かび上がってくる。

すぐに水袋は満杯となる。

俺は一杯になった水袋の口を紐で縛り、湖岸に置いた。

そうして、両手で水をすくって口に入れる。

ひんやりとした水温が喉元に心地好い。

——美味い。

「おい、リリス？　お前もこっちに来て——」

振り返ってリリスを呼ぶ俺の喉元に、紐状の何かが絡みついた。

「うおっ！」

そのまま、湖の中に猛速度で引きずり込まれていく。

——大ナマズ？　いや、それはありえねえ……！　文献では冬眠中に捕食を行うなんて
……そういった例はなかったはずだ……。

パニック状態になった俺は水中で目を見開いて状況を確認する。

そして、ああ、そういう事か……と納得した。

水中に見えたのは体長三メートル程度の小ナマズ……恐らくは大ナマズの息子か娘だろう。

彼や、あるいは彼女は、冬眠に耐えれるだけのエネルギーのストックを得る事ができずに、未だに冬眠には入っていない。

つまりはエネルギーストック……食料を大絶賛で募集中なのだろう……と。

そうして俺は、ナマズのヒゲに絡みつかれた訳だ。

水中に引きずり込まれ、一直線にその口元へと手繰り寄せられていく。

マヌケにも、ナマズが大口を開けて俺を呑み込もうとしたその瞬間——腰のナイフを抜いて、歯茎に一撃をかましてやった。

ヒゲの拘束が解かれる。

自由になると同時、平泳ぎの要領で何度か手足を動かす。

口内から逃げおおせると同時に、ナマズの目玉の両方にナイフを突き刺す。

——そして、滅多刺し。

息の続く限りに何度も何度も滅多刺し。

数十秒——そして数分。

身体能力強化を始め、ステータス強化はこういうところでも活躍しているようだ。

いや、あるいは純粋にこれは２０００近いＨＰの効果なのだろうか。

ともあれ、俺は水中で十分近い時間、ナマズを滅多刺しにした。

地底湖は血に覆われ、そしてプカリとナマズが一匹——湖面に浮かんだ。

そこで、俺の息が遂に限界を迎えた。

平泳ぎで岸まで泳ぎ、何とか陸地にまで辿り着けたが……。

顔を水面に出して、大きく息を吸い込もうとしたところで——再度、首筋に絡みつくヒゲ。

先ほどとは違う個体のナマズのようだ。

「クソッ……！　おい、リリス——逃げろっ！　ナマズは……複数いる……ガヴェッ！」

ゴボガボと、最後の方は言葉にならなかった。

——ああ、こりゃあちょっと……良くねえな。

酸欠で視界が黒くなってきやがった。

ブラックアウトって……水中ではマジで洒落になんねーぞ……と、思いながらも体は言う事をきかない。

万事休す。

——ああ、そういえば……二回目の人生の終わりの時も、賢者の幼馴染にハメられて……水難で死んだんだっけな。

これは良くない。

走馬灯のように今までの思い出がよみがえってくる。

いや……でも……村人にしては……よくやった……方……かな……。

そうして、俺は瞼を閉じて覚悟を決めた。

と、その時――

――全身に電気が走った。

同時に、ナマズのヒゲの拘束が解かれる。

体に活が入り、俺の中に残る最後の酸素をフル導入して湖面へと一直線に向かう。

ザパァーンと顔を出して、そして大きく息を吸い込む。

そうして――絶句した。

今現在、湖面に浮いているナマズは二匹だ。

一匹は俺が仕留めた個体――そしてもう一匹は外傷が全くない個体。

いや、正確に言えばブスブスとそのナマズは、湖面に浮きながら煙を発している。

俺は湖岸を眺め、そして納得した。

――そこにはリュックサックを背負い、そして杖を構えているリリスの姿があったのだ。

水から上がった俺はリリスに向けて歩を進める。

「リリス、お前……何をやった？」

「……電撃。貴方の魔力はほとんど人外……魔術耐性は凄まじいと判断し、それを前提に

全力でぶっ放した」

　不愛想に応じる彼女はさらに言葉を続ける。

「……驚くことはない――私も伊達にここで数年間暮らしている訳ではない。そして……私は……腕輪に金の線を三本刻む事の許可を受けている……サポート程度はできて当然」

　まあ、そりゃあそうか……龍の文化では弱者は生きる価値がない。

　そうであれば……リリスは当然に育ての親に仕込まれている訳だ。

「……後、一つ言ってもいい？」

「何だ？」

　リリスは怒りの色を、はっきりと声色に交ぜてこう言った。

「……勝手に一人で決める物ではない」

「どういう事だ？」

　無表情を崩し、般若の形相で俺を睨み付ける。

「この迷宮では私は役立たず……確かにそうだろう」

「……？」

「……私は確かに役立たずだ。今回はたまたまサポートができただけ、それはいい。けれど、逃げろと言う指示を勝手に出すな。一人で何でもかんでも決めるな」

　コーデリアにも先日……似たような事を言われた気がする。

「私は私なりに、リュートをサポートできる事もある。地形と相性と運が味方すれば……今回のように」

「確かにそうかもしれない。でも……リリスを危険に晒す訳には……」

そこでリリスは俺の頬に全力のビンタを喰らわせた。

パシィンと景気のいい音が地下洞穴に響く。

平淡な声色ではなく、抑揚のはっきりとついた、生の感情をそのままぶつけるような怒声を俺に浴びせ掛けてきた。

「……ふざけるなっ！　だったら、リュートを危険に晒している私の立場はどうなるっ⁉」

そして、うっすらと涙を浮かべて、リリスは悔し気な表情を作る。

「……勝手に……一人で全てを決めるな。背負い込むな……私はリュートの何なのだ？　リュートの行動に私の意志は反映されているのか？」

コーデリアの言葉がフラッシュバックする。

――勝手に決めるな！

――私はそんな事は望んでないじゃん。そこに私の意志ないじゃん。

――龍の里に行くなんて認めない！　何年も離れるなんて……聞いてないし、絶対に嫌だ！

そんな事を思い出しながら、俺は苦笑した。

「……私は一体何なのだ？　勝手に命を張るな。勝手に私を助けるな……私もまた、一個の人間だ」

「……」

「……そりゃあ、性奴隷は嫌だ。里から放逐されるのも嫌だ。けれど……そのために他人に命を張らせて……リュートが死んだらどうすれば……私はどうすればいい？」

俺は頷き、そして握り拳を作る。

「なら……死ななければいいんだよ」

そのまま、コツンとリリスの頭を叩いた。

「さあ、一緒に生き残るぞ！」

コクリとリリスは満足そうに頷いて、そして俺に向けて――

――うっすらと微笑を作った。

名　前：リュート＝マクレーン
種　族：ヒューマン

職　業：村人
年　齢：十二歳
レベル：38➡45
ＨＰ：１８２０／１８２０➡２１５０／２１５０
ＭＰ：１４５１２／１４５１２➡１５７３０／１５７３０
攻撃力：３９０➡４７０
防御力：３８５➡４６５
魔　力：２６２５➡２７０５
回　避：４８０➡５８０
強化スキル
【身体能力強化：レベル10（ＭＡＸ）――使用時：攻撃力・防御力・回避に×２の補正】
【鋼体術：レベル10（ＭＡＸ）――使用時：攻撃力・防御力・回避に＋１５０の補正】
【鬼門法：レベル6――使用時：攻撃力・防御力・回避に＋３００の補正】
防御スキル
【胃強：レベル2】【精神耐性：レベル2】【不屈：レベル10（ＭＡＸ）】

通常スキル
【農作物栽培：レベル15（限界突破：女神からのギフト）】【剣術：レベル4】
【体術：レベル8】
魔法スキル
【魔力操作：レベル10（MAX）】【生活魔法：レベル10（MAX）】
【初歩攻撃魔法：レベル1（成長限界）】【初歩回復魔法：レベル1（成長限界）】

さて、いよいよ迷宮も中層領域だ。

今現在俺がいるこの階層と、そしてここから一つ下の階層。

その二つを合わせて、中層領域と呼ばれる。

で、俺が今いるこの階層は全てが木造でできている。

そんでもって、出てくるモンスターは総アンデッドだ。

更に言うと、中層だけあって、アンデッドの質は相当に高い。

リッチやワイスキング、あるいはヴァンパイア等……夜の王者達のオンパレードとなっている。

龍族の魔力で、冥府からこの階層に高ランクアンデッドを定期的に召喚して補充しているとの話だが……。

まあ、それはいいとしてこの階層は正に迷路と言ってふさわしい内容となっている。

敷地面積は五百メートル×五百メートル。

一メートル半ほどの木造の通路が延々と枝分かれして延びていて、闇雲に歩いていれば遭難は必至。

そしてそこからの餓死のコンボは避けられない。

水場もないし、食べ物もアンデッドの腐肉しかないのだから、これは本当にたまらない。

まあ、俺の場合はそもそもアンデッドとの連戦となれば……ステータス的にキツい部分がある。

龍族であっても複数相手となると油断できないような高レベルモンスターなのだから、まあそれは仕方ないだろう。

そんな広大な敷地内に無数のアンデッド……実際にここの走破は罰ゲーム級の難易度を誇り、ここで命を散らす若龍も多い。

「で……ここが次の階層へ至る出口と言う訳だ」

呆れ顔でリリスはこう言った。

「……走破時間は二十分。敵との遭遇回数は五回……その内三回は逃亡」

「俺は予習済みだからな。迷路の作り方に法則性があって、地図が頭に入ってなくても

「……攻略は可能なようにできてるんだ」

そう言って俺は壁に描かれている幾何学文様を指差した。

まあ、暗号解読の一種だな。

壁に描かれている記号を文字列に置き換える法則性に気付けば……正解のルートが矢印付きで壁に描かれているようなもんだ。

まあ、力だけではなく、知恵を試す試験でもある訳だな。

「……前の階層も大ナマズから逃亡した。その前の前はゴーレムから逃亡……こんな事で最深層域の守護者に……勝てるとは思わない」

「ああ、そりゃあそうだろうな」

不満げな表情でリリスは続けた。

「……だったら……この階層でもう少し経験値稼ぎを……」

「もう少しじゃねーよ」

「……？」

小首を傾げたリリスに俺は笑ってこう言った。

「この階層にひしめく高ランクアンデッドモンスター総数は百程度か？」

「……恐らくそれくらい。あるいはそれ以上いるかもしれない」

「――全部まとめて、今から美味しくいただくんだよ」

「……これから先……数か月間程度ここに滞在するつもり？　水が足りないし食料も足りない。言っちゃ悪いケド……安定してここの魔物を狩れるようになれるまで、貴方が勝ち続ける事ができるとも思えない」

ああ、やっぱり……こいつマジメだな。

いや、まあ、嫌いじゃねーけどな、そういうの。

「数か月も滞在しねーよ。一気にやって一気に決着をつける」

「……一気にとは、どれくらいの時間？」

指を一本立たせて俺はこう言った。

「一日……いや、半日かな」

リリスは目を見開く。

そして呆れたように肩をすくめた。

「……できるはずがない」

「いや、やるんだ」

俺の真剣な表情にリリスは困惑した表情を見せる。

そうして俺が本気でそう言っている事を理解したらしい。

「……どうやってやるつもりなの？」

ゴクリと息を呑んでそう尋ねるリリスに俺はこう回答した。

「と、言う事で……次の階層に向かうぞ」

コテッとコケそうになりながら、リリスはワナワナと肩を震わせた。

「……笑えない冗談は嫌い。この階層の魔物を狩る話をしているのに、何故に次の階層に?」

冗談じゃなくて、マジもマジの大マジなんだけどな。

「多分だけど、お前は笑える冗談も嫌いだろ?」

「……ご明察。冗談と言う概念について、私は上手く理解ができない」

うん、知ってた。

そんな感じだもんな……融通が利かないと言うか、表情に乏しいと言うか、ロボットっぽいと言うか……。

相当な美形なのにもったいない話だ。

まあ、コーデリアみたいにギャアギャアうるさいのも考えものだが。

「で、この階層の敵を狩るのに……何故に次の階層へ……?　全く……理解できない」

「これから起きる現象を見れば嫌でも理解できる。ちゃっちゃと行って……ここの階層の連中を全滅させるぞ」

俺はリリスの手を引いた。

そうして——

――下の階層へと続く螺旋階段を俺達は下り始めた。

螺旋階段を抜ける。

同時、ムワッと猛烈な熱風が体を包み込んでくる。

そこは巨大な地下空間だった。

半径で五百メートルはありそうな面積、そして上下で二百メートル程度はあるだろうか。

壁等は一切なく、螺旋階段からはこの階層の全てが一望できる。

地底は見渡す限りの朱色に満たされている。そして所々に通路のように黒色の筋が延びていた。

「……ここは？」

「マグマ地帯って奴だな。黒い地肌の部分を歩いて……次の階層に向かう訳だ」

コクリとリリスは頷いた。

「……それは見れば分かる」

「まあ、マグマの中には相当な危険生物が潜んでいるって話だ。知恵を持たない……龍ではなく龍。火龍の類がわんさかいるって話だな」

ゴクリとリリスはツバを飲みこんだ。

「……総合力では龍に及ばぬとはいえ、力だけで言えば……」

「そう、龍は龍に匹敵する。まあ、龍のほうが基本性能がある程度高いのと、知恵と知識が段違いなので一対一なら圧倒できるが……でも、それでも……複数相手だと……」

「……だからこその危険生物」

リリスの言葉に俺は首肯した。

「だからこそ……」

と、俺は天井を見上げた。

そしてリリスを先導する俺は立ち止まる。

「……どうした？　何故止まる？」

「何故かって？　上のアンデッドも、下の火龍も……まとめてケリをつけるためだよ」

「……？」

「前提としてな……」

「前提？」

「この螺旋階段はオリハルコンでできてるんだよ。非常に——ひっじよおおおに、頑丈なんだ」

「……？」

「上の階層のアンデッド？　あるいは、この階層の火龍？　ああ、確かにまともにやっちゃあ一対一でもしんどいわな」

「……なら、どうするつもり？　さっきからそう聞いているのだけれども」

その疑問に俺は大きく頷いた。
「放火だよ」
「……放火？」
俺はそのまま掌を天井へと向ける。
いや、正確には通って来た螺旋階段を包んでいた壁の表面へと。
そして生活魔法で発火の魔法を発動させる。
向ける先は壁——そう、木製の壁だ。
連打、連打、ひたすら連打。
生活魔法だから、威力は雀の涙程度だ。実戦ではロクに使えたもんじゃない。
けれど、薪に火をつけたりはお手の物で——だからこそ連打、連打、ひたすら連打。
「オラオラオラオラオラオラオラ————！」
更に連打。
連打、連打、なおも連打、ひたすら連打。
ブスブスと壁の所々に黒いシミが広がっていく。
そして、遂に発火。
一時間以上そうやっていただろうか。
やがて、通ってきた螺旋階段の中は完全に炎に包まれていた。

「アンデッドってのは火に弱いよな？」

「……うん」

「で……火事ってのは厄介でな。一回……火がついちまうと、どこまでも燃え広がる。そんで、全部とは言わないまでも、天井はかなりの部分が崩落するはずだ」

「……そうかもしれない」

「アンデッドは火災で全滅。で、上手い事すれば下のマグマだまりに潜む火龍も崩落に巻き込まれて死亡……一石二鳥って奴だな」

「——つまりは上と下の階層……階層そのものに……範囲攻撃を？」

「その通りだ」

そこで露骨にリリスは顔をしかめる。

「しかし……この地下迷宮は龍族の神聖な聖域……若龍が成龍になるための……試練の場所」

ああ、その通り。

だからこそ、こんな手段を決行する奴は普通はいない。

あくまでも、龍の世界では正々堂々と攻略すると言う事に意味があるのだ。

普通のダンジョンなら火災対策やら、あるいは別階層からの攻撃やらに対応できるようになってるんだろう。

でも、ここは普通のダンジョンではない。

だから、そういった対策は必要ないのだ。

初っ端のミノタウロスにしても、部屋から出てこれないという制約を付けているのは、全てはこれが龍の儀式であるから……だ。

力が足りずに儀式に挑んだ命知らずの若龍が、自らのその時点での非力を悟り、逃げ出す。

その背中を追いかけまわしてミノタウロスの斧を振り落す訳にもいかないだろう。

だから、室内から出れば生還という風にルール付けがされている。

で、そういう意味で、この迷宮の攻略は、システム的に付け込める穴が幾らでもある。

けれど、たとえ気づいていても、敢えてそれを龍達はしない。

だから、俺は——龍ではない俺はやりたい放題できる。

「……こんな、こんな方法で……ありえない、いや……あってはならない。それに上の階層と……ここの階層の修繕費用……恐らくは天文学的数字に……」

「別に俺は龍じゃない。そんなことは知らねーよ」

「……えっ？」

いや、実際に知ったこっちゃない。

俺からしたらこの迷宮はただの経験値以外の何物でもないからだ。

龍にとってこの施設は神聖だろうが、俺にとってはそうじゃない。

実際、この無茶で龍王の逆鱗に触れるかもしれねーが、そん時はそん時だ。

そういう意味では今回のコレは……俺も結構危ない橋を渡っているとも言える。

「ってか、龍王の城とかヤバい位に金かかってんだろアレ？　そもそも龍ってのは財宝収集の習性があって……これくらいの修繕なんて奴等からすれば屁みたいなモンだ」

「……呆れた」

心底呆れたと言う風な表情を浮かべて、リリスは俺に冷たい視線を送った。

「まあ、そりゃあ呆れるだろうな……多少自覚はしている」

俺の言葉に、クスクスとリリスは笑い始めた。

「ククッ……クックック……ハハハ……」

「どうしたんだよ急に？」

リリスの目尻から軽く涙がこぼれた。

余程ウケたのだろう、彼女は腹を抱え始めた。

「ハハッ……いや、本当に呆れた――うん……なるほど」

そうして呼吸を整えて、リリスはこう言った。

「……柔軟な思考と言うのもまた……必要。貴方は見ていて飽きない」

――それから。

俺は風の生活魔法で、上階層に空気――燃焼のための酸素を送り込み続けた。
更に同時に火魔法も連打して十二時間。
オリハルコン製の螺旋階段と言う名の屋根。
その鉄壁に守られた俺達は、この世のものとは思えない光景を見た。
上階層のかなりの部分の床が崩れ去り、地底に向けて階層丸ごと落下していくと言う
――地獄絵図を。

名　前：リュート＝マクレーン
種　族：ヒューマン
職　業：村人
年　齢：十二歳
レベル：45➡99
ＨＰ：２１５０／２１５０➡４３２１／４３２１
ＭＰ：１５７３０／１５７３０➡１７８５０／１７８５０
攻撃力：４７０➡１０２０
防御力：４６５➡９８５

魔　力：2705➡3400
回　避：580➡1150
強化スキル
【身体能力強化：レベル10（MAX）――使用時：攻撃力・防御力・回避に×2の補正】
【鋼体術：レベル10（MAX）――使用時：攻撃力・防御力・回避に＋150の補正】
【鬼門法：レベル6――使用時：攻撃力・防御力・回避に＋300の補正】
防御スキル
【胃強：レベル2】【精神耐性：レベル2】【不屈：レベル10（MAX）】
通常スキル
【農作物栽培：レベル15（限界突破：女神からのギフト）】【剣術：レベル4】
【体術：レベル8】
魔法スキル
【魔力操作：レベル10（MAX）】【生活魔法：レベル10（MAX）】
【初歩攻撃魔法：レベル1（成長限界）】【初歩回復魔法：レベル1（成長限界）】

「と、言う事で上に戻るぞ?」

「……上に?　どうして?」

ああ、と俺は頷いた。

「ここから下の階層は最深部——守護者まで一直線となっている」

「…………だから……どうしてと聞いている」

「守護者ってのは何者だ?」

「……ドラゴンゾンビ。死せる龍が……若い龍に屠られて黄泉の世界へと向かう。次の世代にバトンを渡す……これはそういう神聖な儀式」

「ああ、その通りだ。で、俺の手持ちの武器はナイフだけだ。それで死したとはいえ、龍を狩れると思うか?　保存状態はほとんど生前と変わらない位にいいんだろう?」

フルフルとリリスは首を左右に振った。

「……リュートは強くなったと思うけれど、流石に丸腰に近い状態で龍のウロコは突破できない」

「だから、一旦戻る。それに大ナマズにしろ武装ゴーレムにしろ……狩り残した連中もいるしな」

「……上に行ったり下に行ったり……本当に忙しい。しかし……上の階層は貴方の放火で無茶苦茶になっている。本当に戻れる？」

リリスは頭上の様子を確認して呆れ顔でそう呟いた。

俺はその疑問に首肯で応じた。

「この迷宮の基礎部分は全てオリハルコンで構築されている。で……基礎と基礎のさらに根幹部分をつなぐ場所はオリハルコン製の階段と通路でつながっているんだ……そもそもの迷宮作製の際に造られたものだな」

「……オリハルコン。概念では理解できる。とても固い金属」

「これとドワーフの使役するホムンクルスの存在は……この迷宮みたいな無茶な建築を可能にする立役者だな」

「……まあ、それでもこの迷宮が建築されるには百年ではきかない程度には時間がかかっているはず。それを誰かさんは放火なんていう無茶苦茶で……」

リリスはジト目で俺を見てくるが、俺は動じずに上を指さした。

「それじゃあ上に向かうぞ？　まずは……第一階層まで」

そうして俺は、ミノタウロスの倒れる部屋に辿り着いた。

息絶えるミノタウロスの死体の傍らに転がる巨大な斧に手をかける。

特殊金属でできている二メートル強の斧。

重さは百キロか、あるいは二百キロか……。

持ち運ぶだけならレベル1の状態の俺でも簡単にできたが、この斧を実戦のレベルで振り回すのに十分な筋力があったかと言えば、それはない。

でも、今現在の俺のレベルは99だ。

しかも、職業：村人とはなっているものの、龍王の加護のおかげで成長率補正が賢者等の上級職に見劣りしない程度まで底上げされている。

力を込める。

斧を振ると、ヒュッと風切り音。

——良し、棒切れ振り回してるのと変わらねえな。

剣術のスキルと体術のスキルが発動。

色んな経験が上手い事に融合されて、斧を扱うに最適な解を導き出す。

当然、戦斧術か何かのスキルがあったほうが斧の扱いは上手くなるんだろうが、急場をしのぐだけなら……まあ、アリだろう。

ビュンビュンと斧を旋風のように片手で振り回す。

これなら……ひょっとして、俺もアレができるんじゃね。

思い立ったら吉日とばかりにミノタウロスの部屋から出る。

——かつて十五歳のコーデリアはナマクラの剣で大岩をバターのように切り裂いていた。

そして、俺もまた、洞窟に転がっている大岩に向けて繰り出した。

直径五メートル程の大岩。

凸凹《でこぼこ》だった表面は猛スピードでなめらかになっていく。

「すげえなコレ……バターナイフでバターを斬るよりも……抵抗がない」

そうして数分後、俺の眼前に直径三メートル程の石の球体が出来上がっていた。

周囲には無数の岩の破片。

何百という斬撃により、岩が削り落とされた結果だ。

そんな俺を、リリスは絶句しながら眺めていた。

「……最初にここで斧を扱った時は……身体強化術を幾つも使って、何とか振り回すのがやっとだった」

良し。

手ごたえは十分だ。

「さて、行こうか」

俺の呼びかけにリリスは疑問で返した。

「……どこに?」

「とりあえずは武装ゴーレムにリベンジだ」

名　前：リュート＝マクレーン
種　族：ヒューマン
職　業：村人
年　齢：十二歳
レベル：99
ＨＰ：４３２１／４３２１
ＭＰ：１７８５０／１７８５０
攻撃力：１０２０
防御力：９８５
魔　力：３４００
回　避：１１５０
強化スキル
【身体能力強化：レベル10（ＭＡＸ）――使用時：攻撃力・防御力・回避に×２の補正】
【鋼体術：レベル10（ＭＡＸ）――使用時：攻撃力・防御力・回避に＋１５０の補正】
【鬼門法：レベル6――使用時：攻撃力・防御力・回避に＋３００の補正】

防御スキル

【胃強：レベル2】【精神耐性：レベル10（MAX）】【不屈：レベル10（MAX）】

通常スキル

【農作物栽培：レベル15（限界突破：女神からのギフト）】【剣術：レベル4】

【体術：レベル8】

魔法スキル

【魔力操作：レベル10（MAX）】【生活魔法：レベル10（MAX）】

【初歩攻撃魔法：レベル1（成長限界）】【初歩回復魔法：レベル1（成長限界）】

装備

ミノタウロスの斧：レアランクB+――攻撃力＋500、回避－200

階段を下りて通路を進んでいく。
以前の落とし穴の中で、未だに武装ゴーレムはもがいていた。
何ていうか……油を念入りに仕込みすぎたのかもしれない。
油塗れの穴の中での泥地獄。
その巨体……ましてや金属の重い体には酷だっただろう。

うん、今すぐ楽にしてやるからな。

「よいっしょっと」

斧を頭上に掲げてそのまま振り落した。

見事にゴーレムの頭部に命中。

サクッと青銅の肉体が削ぎ落とされる。

良し……この斧と今の筋力ならいける！

サクッ、サクッ、サクッ。

一発、二発、三発、四発、五発、六発。

ナマスに刻んだところでゴーレムは動きを停止させた。

「……動けぬ相手に無慈悲な連打……本当に容赦ない」

ああと頷き俺は言った。

「容赦するつもりがねーからな」

と、そこでステータスプレートを確認する。

「……ついにレベル１００か」

さて、言葉通りに俺のレベルはついに１００に到達した。

この世界ではレベルの上限は存在しない。

いや、正確に言うのであれば、どの文献を当たってみてもレベルの上限は確認できなかった。

魔界から帰ってきた歴史上最強の勇者のレベルは、嘘か真か500を超えていたそうだ。

っていうか、まあ、普通にレベル100でも半分人間やめてる領域なんだけどな。

一般的にレベル100を超えるとBランク級冒険者と呼ばれる領域に達する。

そして半分くらいは人間をやめてしまっているような次元に達してしまっている彼らは
――歩く戦術兵器と呼ばれるようになるのだ。

それは多少大袈裟な呼称だが、しかしながらAランク級やSランク級冒険者の領域にな
るとそれはマジだ。

実際、Aランク級冒険者の領域になってしまうと、局地的な戦地の戦況ならば単独で覆
せてしまう事も多い。

と、まあそういう話はここでは一旦おいておこう。

何が言いたいかというと、レベル100と言うのは本当に結構凄い事なのだ。

そして大事なのが職業特典スキルを得る事ができるということだ。

例えば賢者であれば同時に二つの魔法を展開できるようになる反則級スキル：多重詠唱
を覚える。

これは本当にチート級で、火炎と風を混ぜ合わせて火炎竜巻を作ったりできるのだ。

ちなみに、冒険者ギルドの見習い用の教本には職業毎のレベル100特典スキルがまと

められている。

駆け出しのルーキー達にとっての天上人。

レベル100達成者しか使えないそれらのスキルを見て、将来の自分に夢を見たりする。

まあ、それを見て勉強している連中の数千人に一人しかその領域までは到達できない訳だが……。

で、俺は村人だ。

そもそも村人でレベル100まで到達した奴自体がいるのかと言う疑問があるんだが、どうやら過去に一人だけいたらしい。

その人物経由なのだろうか、ギルドの教本にも村人のレベル100到達時のスキル名と効果は掲載されている。

――それはもう、ネタ的な意味で。

「村人の怒り（100レベルまで上げてもゴミスキルしか覚えられない村人の怒りを、魔力回路を通じてゲンコツに纏わせる。効果：MPの全てを引き換えにして、MP及び魔力依存の攻撃を加える（ダメージ大）」

ちなみに、MP・魔力依存のダメージ大ってのは魔術学院で教えてもらうスキル：魔力撃と同じ効果だ。

平たく言えば、それはMPの半分を使用して盛大に一発ぶちかますというスキルな訳だ。

使用法としては戦闘の開幕と同時か、あるいはヤケクソの際の最後の一撃に使われる事が多い。

その上で、威力はぶっちゃけた話……強いのは強い……その程度だ。

その時点で使える最上位魔法に毛が生えた程度の威力しかない場合がほとんど。

MP半分と言う代償を考えると、使い勝手が悪くてあまり使われる事のないスキルである。

そして、村人のレベル100特典スキルは、そのスキルよりも更に使い勝手が悪い。

何せ、効果が同じでMPの全てを引き換えにする訳だ。

正にゴミスキルと言えよう。

まあ、これを……20000近いMPの俺がやるとどうなるのか。そこはすごい興味がある。

と、言う事で俺が今現在いる場所は地下水路。

——実験体である巨大ナマズちゃんの池の前で仁王立ちを決めていると言う訳だ。

名　前：リュート＝マクレーン
種　族：ヒューマン

職　業：村人
年　齢：十二歳
レベル：99⬇100
ＨＰ：4321／4321⬇4352／4352
ＭＰ：17850／17850⬇17890／17890
攻撃力：1020⬇1031
防御力：985⬇998
魔　力：3400⬇3408
回　避：1150⬇1162
強化スキル
【身体能力強化：レベル10（ＭＡＸ）——使用時：攻撃力・防御力・回避に×2の補正】
【鋼体術：レベル10（ＭＡＸ）——使用時：攻撃力・防御力・回避に＋150の補正】
【鬼門法：レベル6——使用時：攻撃力・防御力・回避に＋300の補正】
防御スキル
【胃強：レベル2】【精神耐性：レベル2】【不屈：レベル10（ＭＡＸ）】

通常スキル
【農作物栽培：レベル15（限界突破：女神からのギフト）】【剣術：レベル4】
【体術：レベル8】
魔法スキル
【魔力操作：レベル10（MAX）】【生活魔法：レベル10（MAX）】
【初歩攻撃魔法：レベル1（成長限界）】【初歩回復魔法：レベル1（成長限界）】
職業スキル
【村人の怒り――効果：MPの全てを消費してMP及び魔力依存ダメージ（大）】
装備
ミノタウロスの斧：レアランクB+――攻撃力＋500、回避－200

結論から言うとエライ事になった。
拳に魔力を集めて殴る。
ただそれだけだった。
ただそれだけの事で――実験体の大ナマズの胴体にクレーターが開いたのだ。
直径で多分七メートル位はあったと思う。

二十メートルを超える大ナマズだったが、どてっぱらに穴を開けられては生きられるはずもない。

と言うか、周囲に血と肉片が飛び散って本当にエライ事になっていた。

「……本当に呆れた」

心底呆れた……と言う風にリリスは肩をすくめた。

いや、自分でも呆れるほどの威力にドン引きもいいところだ。

MPが20000近いって、やっぱりとんでもねーことなんだな……。

と、そこで俺は立ちくらみを起こし、その場でへたりこんだ。

頭痛と苦痛が押し寄せてきて、そのまま俺は額に脂汗を浮かべる。

――魔力枯渇。

「…………威力はとんでもねえが、やはり実戦での使いどころは非常に難しい……使い勝手は最悪に近いな」

ヘロヘロになった俺を心配そうに窺うリリスに、俺は精一杯の笑みで応じてこう言った。

「腹が減っちまった。そろそろ飯にして……仮眠を取ろう」

翌日。

地下水脈の流れる鍾乳洞で一泊した俺達はそのまま最下層へと歩みを進めていた。

若干の湿った空気に満たされた洞窟内。

リリスの手を引きながら俺はこう尋ねた。

「ドラゴンゾンビってのは……死ぬ前の状態とほとんど変わらないんだよな？」

「……死後に龍族の秘術によって死体の保護と腐敗防止が施される。そして……魂を現世に固定……アンデッドとして生まれ変わる際、死亡の少し前でのステータスが反映される」

「死亡の少し前？」

コクリとリリスは頷いた。

「病気で死ぬ直前の床についているような状態で歩く事すらままならない。そんな状態でアンデッドとして魂を固定させても……守護者とはなりえない」

「そりゃあまあそうだろうな」

「そう。この試練の真の目的……神龍の祝福を受ける事はできない……死せる龍は死後の世界で魂だけの存在となり神龍となる。そして、死と同時に自らの後輩に……死闘の中で力を託す。そうする事によって神格が高まり、神となれる。だからこそ成龍は若龍よりも遥かに強い力を持つ」

「――現役交代のバトンタッチって奴だな。で……ドラゴンゾンビ自体はゾンビとなる際に……神龍の祝福のスキルは消えるんだっけ？」

スキル：神龍の祝福。

身体能力強化の倍率にさらに1・5倍の補正がかかるというトンデモスキルだ。

身体能力強化のスキルの倍率が二倍なので、そこに重ねがけ……例えば俺がそのスキルを覚えると、俺のステータスは2×1・5で三倍となる計算だ。

ちなみに、勇者のレベル100スキルに比べると、神龍の祝福はずいぶんと大人しい。

何しろ、勇者のレベル100スキルは身体能力強化の倍率補正が更に二倍だ。

元々の二倍の更に×2で四倍とかになるマジキチスキルなんだ。

まあ、それが故に勇者は最強の職業と言われる訳だがな。

そういった事情で、俺としては是が非でもこのスキルはとっておきたい訳だ。

ただでさえ勇者と比べると俺の成長率は低いのに、ステータスにかかる倍率補正で倍も差をつけられると、流石にコーデリアの背中には手が届かなくなる。

「……それに龍は個体が少ない。いつも都合よくドラゴンゾンビが祭壇に補充されているとも限らない」

「でも、今回はいるんだよな？」

その言葉にリリスは応じない。

敢えて、俺もそれ以上は尋ねなかった。

「……」

「……」

長い、長い洞穴を抜けていく。

「……」

「……」

いつの間にか、俺とリリスは無言になっていた。

「……」

「……」

そうして視界が開けて、半径百メートル程の広間に出た。

「ここが祭壇……か」

龍を中心にして二十メートル程度の半径。

イギリスのストーンヘンジのように等間隔で黒色の岩が円状に置かれていた。

いや、その岩は……岩と言うかモノリスと言う形容が近いか。

まあ、それはいいとして、俺の予想通りにリリスは絶句していた。

十メートルを超える金色の巨体。

それは立派な地龍だった。

俺もリリスも……お互いに、何となしに予感はあったんだと思う。

いや、この迷宮に足を踏み入れた瞬間から、その事には気づいてた。

正確に言うのであれば、俺達はその事に……敢えて触れなかっただけなのだ。

「……父さん」

リリスの言葉は既に死せる者となっている龍には届かない。

リリスの育ての親は一か月前に死んだ龍だと言う。

——そりゃあまあ……こうなるよな。

だからこそリリスは正当な形でここを攻略しなかった俺をずっと咎《とが》めていた部分もあるのだろう。

何せ自分の育ての親を冥界に送る——葬式の最後の段階なんだから、思うところは当然あったはずだ。

が、ここで立ち止まっていても仕方がない。

俺はリリスに視線を送り、離れていろ……と目で促した。

何やらしばし考えて、そして苦渋の表情と共に、リリスはうんと頷いた。

「……これは分かっていた事。今この瞬間、この迷宮に守護者がいるのであれば……やはりそれは父さんしかいない」

「いいんだな?」

コクリとリリスは頷いた。

「……これは神聖な儀式。父さんも昔に守護者を屠った。そしてまた、自身を若者に屠られる事を望んでいる」

良し……と俺は首をコキコキと鳴らした。

斧を片手にズカズカと進んでいく。

円形に並ぶ黒岩――モノリスの範囲内に入った瞬間にそれは起きた。


――ドラゴンブレス。


灼熱の火炎が俺に襲い掛かるが、俺は炎を歯牙にもかけずにそのまま金色の龍に向けて駆けていく。

俺の尋常ではない魔力数値。

それが魔力障壁へと姿を変えて自動で俺の周囲に薄いヴェールを作っている。

魔力とMPを源泉に放たれる龍のブレスでは、決して俺に対しての決定打にはならない。

ブレスが止む。

彼我の距離差は十メートルを切っている。

無傷の俺に少しだけ驚いた表情を見せて、嬉しそうに龍は笑った。

そのまま龍はその場でコマのように回転した。

五メートル強はあるような巨大な尻尾が俺目がけてとんでくる。
――速い。
だが見切れないことはない。
捻るように身を躲す。
ほんの少しだけ横腹をかすったが、俺はどうにか龍の尾をやりすごす。
お返し……とばかりに俺は龍の肩口の翼目がけて斧を振り落す。
攻撃は見事にヒット。
そうして、手に響く鈍い衝撃。
――硬い。
だが、刃が立たない訳ではない。
龍の翼に微かに鮮血が走った。血飛沫が俺の頬に化粧を施す。
龍は更にその場で再度、コマのように回転。
腕……いや、前足か？　まあどちらでもいい。
横殴りに俺の顔面目がけて爪を繰り出してきた。
ガキィーンッ！　と、金属音が響き渡る。
斧の柄で受けた俺はそのまま体ごと弾き飛ばされる。
宙を泳ぐこと数秒、そして着地。地面を滑りながら勢いを殺していく。

そして俺はうんと頷いた。

――強い。

だが、太刀打ちできない訳ではない。

この迷宮で稼いだ経験値は俺の糧となった。

無数の命を奪い、それらは俺の血肉となった。

不敵に俺が笑うと、龍もまた嬉しそうに笑った。

そうして俺はそのまま再度龍に向けて突貫した。

爪と斧で打ち合う。

尾を避ける。龍もまた斧を避ける。

大口を開いて繰り出されるは必殺の牙。

迎撃せんと繰り出されるはダマスカス鋼の斧。

金属音が幾度も鳴り、風切り音が唸りをあげる。

――強者が強者を求める。

初めてそういった気持ちが少しだけ分かったような気がする。強くなった自分を確かめたいという気持ち。龍が戦いを神聖視する理由が……少しだけ分かる。

試合……それは力の試し合い。

その究極の形が成龍の儀となり、ここでは試合は転じて死合いとなる。

それは、死者によって行われる、次世代を生きるに足る生者の選別。

そして……と俺は渋面を作った。

幾度かの打ち合いで、完全に俺は悟ってしまったのだ。

——強いな……いや、ちょっとばっかし強すぎる。これはちょっと想定外だ。リリスの育ての父親は本当に成龍の中でもかなりの強者に分類されていたのだろう。

実際、俺の想定では今のステータスだとドラゴンゾンビを圧倒できる予定だった。

が、とにもかくにも……このままじゃあジリ貧。

向こうは圧倒的実戦経験に裏打ちされた確かな戦闘技術で俺を攻めたて続けている。

対して俺には実戦経験が絶望的に足りない。

いつか、俺が致命的なミスを犯し、そのミスを足掛かりに一気に押し込まれて俺は死ぬ。

このまま殴り合いを続けていればそうなるのは必定。

だがしかし、と俺は笑みを浮かべる。

けれど——太刀打ちできない訳ではない。

逆に言えば、このましばらくは殴り合いを続ける事はできる。

——で……あれば、この勝負は俺の勝ちだ。

龍の尾をかわす。

続けざま、頭上から、鳩が餌をついばむように——龍のアギトが俺を襲う。

加速。

反復横とびの要領で横に飛ぶ。

スライディングタックルの要領で地面を滑りながら牙をやりすごす。

——スキル：鋼体術発動。

——スキル：鬼門法発動。

この戦闘で俺はこれらのスキルを発動させてはいなかった。

身体能力強化の倍率二倍の状態で十分に殴り合いができる事が分かっていたし、そして鋼体術と鬼門法を発動させても、やはり地力では龍に敵わないと分かっていたからだ。

だが、今この瞬間。

この二つのスキルを使用すれば、ここ一度限り、俺の動きは龍の予測を上回る事ができる。

加速。

加速。

加速。

そうして俺は、ドラゴンゾンビの真横に回る。

更に言えば、今、この瞬間は先ほどの連撃の後にできた致命的な隙、言いかえるならば絶好の好機。

――ここだ。

無防備にさらけ出された、がら空きの胴体。

俺は斧を投げ捨てる。

――スキル：村人の怒り発動。

魔力の全てを拳に集中させ、握り拳を作る。

これでダメなら……後は野となれ山となれっ！

「いっけえええええええっ！！！！」

尋常ではない魔力が込められた俺の必殺の拳は、龍の腹部に吸い込まれるように着弾した。

まずは龍に対する直接的なダメージ。

俺の拳は龍のウロコを突き破り、肉を裂いて骨に到達した。

そして、粉砕。

ボグッと言う音と共に龍の骨が砕ける感触が手に伝わった。

続けて、魔力の塊が波動衝撃となって龍の体内を駆け廻る。

メリメリメリッと嫌な音が響き渡る。

──恐らくは守護者の内臓は完全にオシャカになった。

大ナマズの化け物と同じように、クレーター状の穴が開くと同時に臓物と血と肉を爆発四散させなかったのは、流石は龍のウロコと言うところだろう。

ズシィー……ン、と、重低音と共に金色の龍はその場に倒れた。

そしてその場で吐血しながら痙攣を始める。

同時に俺はその場で、重度の貧血症状のように立ちくらみを起こした。

猛烈な頭痛と共に片膝をついて、脂汗を全身に浮かべる。

──ギリギリもいいところだな。一発で仕留めきれなければ……俺が終わっていた。

肩で大きく息をする。

体に鞭打ちながら再度立ち上がり、横たわる龍に視線を送る。

幾度も幾度も深呼吸。

その度に痛みは薄れていき、数分後にはどうにか動けるようになった。

そうして俺は、先刻投げ捨て地面に転がっている斧を拾い上げた。

斧を引きずりながら龍の首筋近くまで移動し、斧を大きく振りかぶった。

と、そこで俺はリリスに視線を送った。

このまま俺がトドメを刺すのは簡単だ。

でも……。

「リリス？　本当にいいのか？」

「……いい。これは父さんの望んでいたことだから」

じゃあさ、と……俺は何とも言えない表情でこう言った。

「なんでお前は泣いているんだ？」

先ほどからリリスの瞳から涙が止まらない。

大粒の真珠が地面にいくつもいくつもシミを作っている。

「……分からない」

「分からないってお前さ……」

「…………何故泣いているのか……本当に私には分からない。父さんは既に死んだ。そうであれば……リュートに……若者に殺されて神龍となって……それは龍としては幸せな事なのに……」

しばし考えて、俺は倒れる龍に――加減して斧を振り落した。

場所は延髄の辺りだ。

ビクンと龍は大きく痙攣したが、未だにアンデッドとしての活動限界には達していない。

「何故泣いているのか……だったか？　龍にとってこの儀式は神聖で、誰も疑問に思わず、本当に誰しもがこれが当たり前の事として受け入れている訳なんだよな？」

ヒックヒックとしゃっくりと共に嗚咽。

顔を歪めながら、リリスは言葉を紡いでいく。

「……そう。そして魂の存在となり昇神する事は喜ばしい事とされている」

「それでもお前が泣くのであれば……それはやっぱりお前が人間だからじゃねーのか？」

人間同士でも肌の色の違いや宗教の違いで互いを理解せずに攻撃したりする。

同じ知的生命体とは言え、龍族と人族では……教育以前の問題として考え方や感じ方に違いがあるのは当たり前だろう。

「……私が人間だから？」

驚いた風にリリスは目を見開いた。

そう、リリスは龍に育てられたかもしれないが、彼女はそれでも人間なのだ。

だったら、リリスには、この葬式は人間式で幕を引いてもらうのが一番適切だろう。

「お前がトドメを刺すんだ」

棺桶の蓋を閉めるのは親族と相場が決まっている。

リリスの父親としても最後に俺と死力を尽くして戦えたのだから……そういう意味では龍式の葬式としても成立しているだろう。

「……私が？　そうすれば……恐らく神龍の祝福のスキルは貴方ではなくて私に……」

「その事なら気にするな」

「………でも……貴方は……尋常ではない決意と覚悟の結果、こうしてこの場に立っている。ならば、貴方は強くならなくてはいけない。スキルを私は受け取れない」

深い溜息と共に俺は口を開いた。

「強くなる方法なら他に幾つもある。けど……葬式は一回こっきりだ。最後に……お前の父親を、お前が送ってやらずにどうするんだよ？」

しばし考えて、リリスは溢れる涙をローブの袖で拭いた。

そして気持ちを落ち着かせるように両手を拡げて深呼吸を行う。

数分の後、涙も大分収まり、そして彼女はうんと頷いた。

「…………何故に泣いているのかは結局私には分からない。けれど……父さんを私が送る……その言葉の意味は……心の部分で理解できた」

リリスは掌を突き出した。

その向かう先は俺が先ほど突き立てた巨大な斧だ。

使われる魔法は電撃呪文。

金属を通じて直接に延髄への攻撃——いかな龍でも神経系統を焼かれては最早どうにもならないだろう。

「……父さん。私を……拾ってくれてありがとう」

念を込めると同時に彼女は続けた。

「……リリスは父さんに優しく育てられて……幸せだった」

電撃が走り、龍はビクンと大きな——大きな痙攣を行う。

そして、それを最後に龍はその活動を停止した。

その場で、再度泣き崩れそうになったリリスの肩をしっかりと抱いてやる。

「……これで私は本当の天涯孤独……少し……寂しい」

クシャクシャに顔を歪め、リリスは声にならない嗚咽を発する。

そうして彼女は俺の胸に頭をうずめてきた。

俺はゆっくりと彼女の頭を撫でてやる。

「泣くってのは悪い事じゃあない。楽になるからしばらく泣いてろ。泣きたいだけ泣け」

「……うん。しばらくこのままで……お願い」

——どれほど、そのままそうしていたのだろう。

数分だったような気もするし、あるいは数十分だったような気もする。

確かな事は、リリスの様子が少し落ち着いた事。

そして泣きすぎたせいで目が腫れぼったくなっている事だった。

「さて……そろそろ行こうか」

コクリと頷きリリスは口を開いた。

「……うん」

俺はステータスプレートを取り出した。

先ほどの戦闘における経験値とレベルアップを確認するためだ。

と、そこで絶句した。

「どういう事だ……これは？」

目を見開いて何度も確認するが、そのスキルはやはりそこに記載されていた。

「どうして俺にこのスキルが？」

□スキル：神龍の祝福

ステータスを底上げする貴重なスキルが確かに記載されているのだ。

リリスにプレートを見せると、彼女も目を見開いて驚いた。

「……最後に一撃を加えたのは……私のはず……どうして？」

そこではっと息を呑んで彼女は自らのステータスプレートを取り出した。

「……あっ」

訳が分からないと言う風に彼女は首を左右に振り、俺にステータスプレートを差し出した。

「なんじゃ……こりゃ？」

□スキル：神龍の守護霊

バッドステータスに絶大な耐性を与える。成長率に大きく上方補正。攻撃力・防御力・魔力・回避のステータス全てに＋５００の補正。

しばし俺とリリスは見つめ合う。

そして俺はその場で堰を切ったように笑い始めた。

「なるほど、なるほど……そういう事か」

「……どういう事？」

怪訝な表情で尋ねるリリスに俺は笑顔でこう言った。

「お前の父親は相当な親バカ……だって事なんだろうよ。証拠にチートスキルを娘に残していきやがった」

「だからどういう事？」

「リリス……お前さ、さっき……天涯孤独で寂しいって言ってたよな？」

「……うん」

俺は握り拳を作る。

そしてリリスの薄い胸のその中心――心臓をコツリと叩いてこう言った。

「――ちゃんとお前の父親はココにいるよ……お前と一緒にな」

その言葉の意味を理解した時、リリスは再度の号泣を始めた。

その表情は悲しみの色だけではなく、どことなく暖色も混じったような……本当に何と表現していいか分からない。

「ってかお前……涙もろいのな？」

「……うるさい」

そうして俺は立ち上がる。

リュックサックから湯沸かし器具を取り出し、生活魔法で火をつける。

あれだけ泣いてるんだから喉が渇いているだろう。

温かい紅茶でも淹れてやろうと……まあ、そんな感じだ。

「もう少しだけ泣いてろ。それで、もうしばらくしたら……帰ろうか」

「……うん」

ところで……とリリスが俺にこう問い掛けてきた。

「……地上に帰ってからどうする？」

「とりあえずは龍王の大図書館に籠る。その後は……恐らくは世界中を駆け巡ってスキル集めや装備集め、そしてレベル上げになるだろうな」

「……私はどうなる？」

「お前の身元は俺が引き受ける。その後は好きにすればいい。司書を続けてもいいし、他

の事をしてもいい」

「……先ほども言ったが、これで私は天涯孤独。リュートが世界中を駆け巡るのなら、その間、私はどうしていいか分からない」

しばし考えて、俺はリリスにこう尋ねた。

「来るか？　一緒に」

そこでリリスは目を見開いて、満面の笑みと共に大きな声ではっきりと、嬉しそうな声色でこう言った。

「うんっ！」

幕間 ～とある地龍の物語～

人里に程近い、湖畔の森林地帯。

傷付いた成龍が、大樹の根元で地面に横たわるように倒れていた。

全身が大小の無数の傷で覆われ、息も絶え絶えの状態、流れ出た血液で地面が朱色に染まっている。

「不覚を……取りました」

人化の法が解かれ、龍は今現在、本来の姿となっている。

が、しかし、どうにも言葉は普通に喋る事ができるらしい。

――何故にこの龍が傷付いているか。

その理由は単純だ。

この龍は強者を求め里から外に出て、自らの力を過信し、そして彼我の力量差を見誤りドジを踏んだ。

そうして命からがら逃げ出して、瀕死の憂き目にあっている。

ただ、それだけの話。

先刻まで、龍が対峙していた者は――邪龍アマンタ。

曰く、生ける凶兆。

曰く、伝承の厄災。

そして、曰く――龍族の恥晒し。

外道の法を使い、生きながらにして昇神した邪神の類とされ、その力は強力な力を持つ龍族の中でも上位に属する。

と、その時……龍の巨体が大きく揺れた。

龍は目を見開いて、必死の形相で体躯に力を込める。

そうして立ち上がると同時、視線の先を睨み付ける。

しばらくして、周囲に小さな足音が響き渡った。

青色を基調にしたワンピースに身を包んだ二十代半ばの若く美しい人間の女。

水色の長髪を携え、どこにでもいる若い女という風情だが、ただ一点、右手の肌が全て包帯に覆われている事だけが一種の異様感をかもし出している。

と、女は龍を視認して、立ち止まった。

女の翡翠色の瞳。

そして龍の金色の瞳。

二者の距離差は二十メートル程で、視線を交わす事おおよそ十秒程度。

その時、龍は大きく息を吸い込み――

「グガァ――――！」

龍の咆哮が空気をビリビリと震撼させる。

それはまるで森全体を揺るがさん勢いで、気の立った大熊でさえも、その咆哮を聞いた瞬間に裸足で逃げ出すような代物だ。

しかし、人間の女は龍の咆哮を意に介さず、冷静に龍の全身にくまなく視線を送る。

そうして、コクリと頷くとそのまま踵を返して来た道を帰っていってしまった。

「どうやらここまで……ですね。すぐにあの女は仲間を……連れてくるでしょう」

龍はそう呟いた。

補足しておくと、何故に仲間を連れてくると言う結論に達するかと言うと、話は単純だ。

龍の死骸は高く売れる。

鱗は防具に、牙は武器に、そして肉はドラゴンステーキとして世界三大珍味に数えられるのだ。

通常、龍は人間とは関わらず、人間も龍とは関わらない。

けれど、野垂れ死に……あるいは野垂れ死に間際に止めを刺すという形とあらば話は別だ。

理屈としては、そこにある資源を有効活用して何が悪いと言うのだろう……というお話である。

その事は龍も重々分かっているし、それどころか、人里近くで野垂れ死にそうになっている自分が悪いのだ……と、諦観の気持ちすらもある。

しばらくして、女は一人で戻ってきた。

樹木の陰に複数の狩猟者でも隠れていて、矢の斉射でも喰らうのだろうと思い、龍は周囲を見渡した。

しかしながら人の気配はない。

一歩、また一歩と女は龍に近づいていく。

彼我の距離差は五メートル程度。

龍は臨戦態勢を取ったままで、女は右手に持っていた大きな桶をその場に置いた。

はてな、と龍が首を傾げたその時、女は優しい微笑を作った。

「……お水です。後、何か必要なものはありますか？」

言葉と同時に龍はその場で固まり、女はそのままニコニコと笑い続けている。

互いに見つめ合う。

「……」

「……」

そして続く沈黙。

「……」

「……」

「……」

「……」

そこで沈黙を破ったのは龍だった。

「何故に私に水を？　龍の死骸は高く売れます……それはもう、貴方達の基準では一生を遊んで暮らせるような……そんな財産を築く絶好の機会なのですよ？」

「……何故と今……私に尋ねたのですか？」

ふむ、と女は顎に手をやって真剣に考え込み始めた。

そして龍に向けてこう言った。

「……本当に……何故なのでしょうね？」

女は儚く笑う。

と、その時、強い風が吹いた。

女の長髪が風にたなびき、陽光に煌めく。

そんな水色の長髪を……龍は美しいと思い、その場で感嘆の溜息をついてしまった。

あれから一週間――

女は龍のもとに足しげく通うようになった。

その目的は、水を龍に与え、あるいは滋養強壮の薬草の類を与えるような形となっている。水については手間はかかるが、汲んでくるだけで済む。

また、薬草の類も手間はかかるが、探せば済む。

けれど、食料については、女を取り巻く生活環境は余裕があると言える形ではないようだ。証拠に、龍に差し出されるのは極少量の、申し訳程度の干し肉だけだった。

とは言え、そもそも生物は一週間程度までの絶食であれば問題なく生命活動を続けられるようにできている。

例えば、人間は重度の病気の場合は食欲をなくしてしまう。

これは何故かと言うと、食物の消化活動には相当なエネルギーを消費してしまうという事に起因する。

要は、体中の全エネルギーをもって病気等の事態に対応しようとしている訳だ。

そういう意味では瀕死の重傷から立ち直ろうとしていた龍にとっては、女が持ってくる諸々の物品は、丁度良い塩梅の差し入れだったと言える。

と、そこで大樹の根元に、いつものように水を張った桶を持った女が現れた。

が——そこにはいつものように横たわっている龍の姿はなく、代わりに、線の細い金髪の二十代の美丈夫が立っていた。

「すいません、一つ尋ねても良いでしょうか……？」

金髪の男に、女は恐る恐る……と言う風に尋ねる。

「……なんでしょうか？」

「ここに……立派な土龍が傷付き倒れていたのですが……」

そこで男はクスリと笑ってこう応じた。

「私が——その土龍ですが？」

「……？」

「人化の法……ですよ」

そこで女は要領を得た……と言う風に頷いた。

昔話や噂話で龍の生態は広く知られており、人化の法については女も既知の事だったのだろう。

「なるほど……ところで、お怪我は？」

「まだまだ本調子ではありませんが……もう歩けますし、そろそろ龍の里に帰ろうかと思います」

そう言うと、龍は深く頭を下げた。

「ありがとうございました。命を救ってもらいました……療養が終われば私は戻ってきます。このお礼はその際に……」

女は首を左右に振った。

「本調子ではない……貴方はまだ傷付いていますよね？　多少は癒えたとはいえ、看過できる類の軽傷ではないのではないでしょうか？」

「……ええ、それはそうですが」

ならば……と女はニコリと笑った。

「私は一人暮らしです……誰に遠慮をすることもありません。ですから、私の家に来なさいな。しばしの間……逗留していけばいいと思います」

†

草原で覆われた丘の上に、集落があった。

建物の総数は三十程度で、現代の日本で言うと、庭付きの二階建ての5LDKと言った風の大きさ。

そうして、それぞれが三十メートル程度の間隔を空けられて、余裕を持った空間の中で配置されている。

眼下には森林と湖畔が見え、どこぞの避暑地の高級別荘……と言った風に見える。

そんな建物の内の一軒、その庭で一対の男女が椅子に腰掛けていた。

男は金髪の美丈夫。

女は水色の長髪で、その右手は怪我か、あるいはそれ以外の何かか……包帯に覆われている。

二人は午後のティータイム途中と言う風情で、ハーブティーの香りが周囲に立ち込めていた。

と、その時、玄関先にドサリと麻袋の置かれる音。

龍族の男と人間の女は玄関先に向かった。

麻袋を拾い上げて人間の女はこう言った。

「この麻袋は……？」

「……一か月分の生活物資の配給です」

「配給……ですか」

龍の男が見る方角。

そこには顔全体を肩口まで覆う……被るタイプのマスクで隠し、そして体全体を何重にも服を着込んで一切の肌を露出させない男がいた。

配達人と呼ばれる者で、この集落の住人のライフラインとなっている存在だ。

けれど、肌の一部も外界に露出させない一種異様な風体で、更には住民との接触を極力避けると言う。

　そこで龍の男は人間の女に尋ねた。

「――ここは隔離されたサナトリウム（療養所）のように……見えるのですが」

「ええ。その通りです……私の場合は咳が止まりませんでして」

「なるほど……結核ですか」

　古くからの伝染病で、不治の病とされる厄介な病気の一種だ。

　肺の病気であるため、療養は、ここのような空気の綺麗な高原地域で行われる事が多い。

　と、そこで男は麻袋を見て不審に思ったようで、女にこう尋ねた。

「袋の口を開いても？」

「構いません」

　男は紐を解き、そして困惑の表情を浮かべた。

「見たところ……ここは上流階級の療養所でしょう？」

「そもそも、上流階級でなければ……療養所には入れませんから」

「それにしては配給が……えらく少ないですね？　一人で生きていくのに本当にギリギリの分量のように見えます」

　コクリと女は頷いた。

「私の夫は二年前に亡くなりました……元は高名な貴族の家系だったのですがね……まあ、私はそのツテで身分不相応に……このような施設に恩赦で入れてもらっている訳なのですね」

「元は……と言うと？」

「政治的失脚で家全体——血族一同が没落の憂き目にあいました。更に悪い事に、その時期は事業も上手くいっておらず多額の負債を抱えておりました」

しばし考え、何とも言えない表情で男は頷いた。

「……なるほど」

そうして、二人の間に沈黙が訪れる。

「……」

「……」

「……」

「……」

「旦那様が亡くなられたという話ですが……お子様は？」

「赤子……娘が一人いました。けれど……家財道具が借金取りに持っていかれた際のドサクサで……娘もいなくなっていましてね。恐らくは奴隷商人に流されたものかと……」

やるせない表情で男は天を見上げる。

「ほうぼう探し回りましたが、それでも見つからず……そうしている内に心身共の労が祟り――私は病気になりました」

「……なるほど」

女はまつ毛を伏せてこう言った。

「あの子にだけは幸せになってほしいのですが……体も言う事を聞いてはくれませんし」

そうして、やはり、どこか影のあるように儚げに笑った。

「ですから、私はそのために早く病気を治さないといけません」

一分。

二分。

どの程度の時間かは分からないが、二人の間を再度の沈黙が訪れた。

そうして、何やら思案していた男はコクリと頷いた。

「まあ、大体の事情は分かりました」

そうして、ニコリと笑ってこう続けた。

「二、三日待っていてください。必ず戻ってきますから」

その夜、男は忽然と療養所から姿を消した。

三日後の早朝、コンコンと女の家のドアを叩く音。

ドアを開くと、そこには龍族の男が立っていた。

男はニコリと笑うと懐に手をやって、一つの丸薬を女に差し出した。

「……これは？」

「龍族の秘薬……ノーブルエリクサーです。本来は里の外に持ち出して良いものではないのですが……結核にも有効に作用します」

呆けた表情の女の口がポカンと大きく開かれる。

「……えっ？」

再度、龍の男は笑い、そして女の頭を優しく撫でた。

「そうして……具合が良くなれば私と共に行きましょう」

「貴方と共に……行く？」

「病気が治ったとして……帰る場所がないのでしょう？」

「……ええ」

「娘さんも一緒に探しましょう。そうして……その後は……龍の里に連れ帰る事は難しいかもしれませんが、そうであれば……別の場所で共に過ごしましょう」

そこでようやく、女は自分が置かれている状況を把握したらしい。

そうして、首を左右に振って、やはり儚げに笑った。

「ノーブルエリクサーですか……結核にも効くと言う話で……」

「ええ、機密レベルが高い秘薬です。持ち出すのに苦労しました」

「要らぬ世話を……焼かせましたね。ごめんなさい」

「……要らぬ世話？」

「私の病はそれでは治りません」

そこで男は小首を傾げた。

「どういう事……でしょうか？」

女は右手の包帯をゆっくりと解いていく。

それと同時、パラパラと白い粉末が床に落ちていく。

見ると、女の右手の表面はビッシリと白色の粒に覆われていて――

「これは……塩化症ですか」

「……ええ。右手の表面は勿論の事……内部――右肺の一部まで塩化は進んでおります。もう私は長くは持ちません」

「……」

「……」

「……」

「……」

深い、深い溜息。

やるせなく男は女に尋ねた。

「何故、嘘をついたのです?」

「貴方はすぐにここから去る人だからです。そうであれば……」

「そうであれば?」

「絶対に治らない病だと言う話をして何になると言うのでしょう? 貴方の心に、要らぬ影を落とす事もないでしょう?」

「……優しいのですね。貴方は」

そうして、龍の男は首を左右に振った。

「私が貴方にできることは……なさそうですね。龍の里にもその病の進行に干渉できる術はありません」

「……どうぞお気遣いなく」

儚く笑う女に、男は遠く景色を眺めながら尋ねた。

「……あの時の言葉。娘には幸せになってほしいと言う言葉……そこの事情と、そしてその言葉に偽りはありませんよね?」

女は微笑を止め、何とも言えぬ表情でコクリと頷いた。

女の首肯を見届けて、龍もまた大きく頷いた。

「了承しました」

　そうして男は丸薬を懐にしまい、踵を返して一歩を踏み出した。

「私はここには戻りません。その時間も惜しい。私には貴方の娘を全力をかけて探し、保護する義務がある」

　一瞬だけ女は固まり、そして困惑しながらこう言った。

「しかし、貴方にそんな事をさせる訳には……」

　女の言葉に、ピシャリと男は言い放った。

「お黙りなさいっ！　龍が……誇り高き龍が……決して嘘をつけぬ……その龍がっ！」

　そこで声色を優しい物に変えて、龍は言葉を続けた。

「了承したと言ったのです。貴方の娘について、責任を持って全てを請け負ったと——そう言っているのです」

「……」

「娘の名前は？」

「……リリスです。よろしく……お願いします」

「了承しました」

　そうして、男は背を向けて手を振りながら最後の言葉を女に言い放った。

「安心して……のんびりと生きて、そして安らかに逝きなさい」

振り向きもせずに男は歩みを進める。

十分程歩き、十日程前まで自らが横たわっていた大樹の下で歩みを止める。

そうして、彼は人化の法を解く。

――龍化。

と、同時に口を開いてこう言った。

「――スキル：千里眼を発動……性奴隷にするにしても流石に赤子に手は出さないでしょうが……それでも悠長な事は言ってられないでしょう。綺麗な体のままで回収する事ができれば良いのですが……急がなくてはなりませんね」

そうして、背中に携えた両の大翼で力強く空気を叩き付ける。

飛翔。

ふわりと、巨大な体躯が浮かび上がる。

更に翼を動かし、一気に大空へと飛翔していく。

そのまま――土龍は物凄い勢いで東の空に向けて飛び去っていった。


――それから十二年の月日が経ち、龍は天寿を全うして朽ち果てた。

——あの子だけは幸せになって欲しい。

全ては少女の母の思いに応えるべく。金色の神龍は少年に祝福を授けた。

そして、金色の神龍の魂は——少女に宿る事になる。

ついにぶっちぎりで強くなりました！　～邪龍討伐～

サイド：コーデリア＝オールストン

——白馬の王子さまなんていない。


その事に気付いたのはいつの事だろうか。

互いが六歳の、神託が下ったあの日、あの時、私はアイツにこう言った。

「ねえ、リュート？　私……勇者になるんだって……みんなを守るために……戦わなくちゃいけないいんだって……どうしたら良いかな？」

あの日、あの時、アイツは私にこう言った。

「お前は勇者だ。だったらみんなを守るために戦えばいいんじゃねえの？」

その言葉を受けて、あの日、あの時、私はアイツにこう言った。

「でも……怖いよ……。悪魔も、邪龍も、魔王も……魔神も……みんな、勇者の敵なんだよ？　私にはできないよ」

やはり、その言葉を受けて、あの日、あの時、アイツは私にこう言った。

「……だったら俺が助けてやる。何があっても、お前がどこにいても、相手が何であっても……俺がお前のピンチの時には駆けつけて、必ずぶっとばしてやる。だから安心して……お前は勇者として戦え。俺が……助けてやるから。必ずな」

子供心にその言葉が凄く嬉しかった事を覚えている。

実際、アイツは妙に大人びていて、子供の時はずっと私が妹で、アイツがお兄ちゃんみたいだった。

コケて膝をすりむいて泣く私をあやしてくれたり、迷子になった私を探しにきたり。

私にとって、アイツはおとぎ話の中に存在する白馬の王子さま——うん、大袈裟に言うとそういう存在だったのかもしれない。

でも、私の年齢が十を超える辺りで私は気付いた。

——私がどんなピンチの時にでも、さっそうと現れて悪者をぶっとばしてくれる、そんな白馬の王子さまなんて……存在しないんだって。

アイツは村人で、私は勇者。

そんな当たり前の事に、その本当の意味に私は気付いたんだ。

成長率も違えば職業スキルも違う。

何もかもが違って……アイツと私の将来へと至る道はいつのまにか完全に別の道を進んでいたんだって。

けれど。

でも、私はそれで良かった。

アイツが村人なら私は勇者。

あの時のアイツは兄貴風を吹かせて私を守ってやるなんて言ってたけれど……私がアイツを守ればいい。

アイツは平和に畑を耕せばいいのだ。

アイツと、アイツの家族と、私の家族と、私の大好きな近所のオジサンとオバサン達で……私が狩って来た獲物で……たまにバーベキューなんかをしちゃったりして、それでみんなで笑っていればいいのだ。

――そして、そんなみんなの笑顔を守るのが私の仕事。うん。それでいい。私の使命は……その規模がちょっとばっかし大きくなっただけ。

そして三年前。

十二歳のあの日に珍事が起きた。

アイツはあろうことかゴブリンの群れ数百に立ち向かい、そして勇者を超えるほどの力を見せたのだ。

とはいえ、あの時のアイツの力は私と比べて五十歩百歩。

実際にアイツも滅茶苦茶に疲弊していたし、あの日あの時、アイツが言ったように、どんなピンチでも救ってくれる……とまでは思えなかった。

まあ、村人があそこまで自らを叩き上げていた……という事に私は驚愕したんだけれどね。

で、私が何を言いたいかというと……。

——どんなピンチでもぶっとばしてくれる白馬の王子さまは存在しない。けれど、どんなピンチでも一緒に乗り越える事ができる……そんな信頼できる戦友ならちゃんと存在するんだ。まあ、そういうコトね。

と、そこまで私が話を終えたところで、一同が爆笑に包まれた。


時刻は夜。

場は森林、そして宴会。

「戦友って……またその話かよコーデリア？　当時十二歳で……ステータス成長前とは言え、お前に村人が勝てる訳がないだろう？」

葡萄酒を軽く呷《あお》りながら、私は騎士団長に喰ってかかった。

「いや、でも……実際に私はあの時……アイツのおかげで九死に一生を……」

「で、その後がお笑いだ。お前の王子さまは龍に連れられてどこかへと旅立ってしまったんだって？　どこのファンタジーなんだよ」

そこで一同が更に爆笑を強める。

酒が回っていて、みんな、相当なご機嫌さんだ。

「どこのファンタジーって言われても……」

「そもそもな、コーデリア？」

騎士団長の笑みに私はトゲを交ぜて応じた。

「何でしょうか？」

「ゴブリンが四百匹だったか？　それくらいだったら……俺も含めてベテラン冒険者だったら誰でも狩れるぞ？　俺で千五百ってところか……で、今のお前なら一万匹でも余裕だろう？」

「そりゃあ、まあそうですけど……」

「村人の十二歳だとしたら、そりゃあまあ人外だが、そこからその村人がどれほど成長できるってんだ？　断言するが成長率はお前の足下にも及んでいないぞ？」

「そりゃあ、まあ、そうかもしれないですけど……」

「そんな村人が、お前の戦友役を務めるには、ちょっとばっかし荷が重すぎる無茶振りじゃねーか？　ってか、そもそもの話が眉唾だ」

むぐぐ、と私は頬を膨らませる。

まあ、ぶっちゃけた話……私がこの話を他人から聞かされても信じられる訳がない。

私の成長記録と言う――諸国連合の公式記録上、ゴブリンの事件について、後半は私の魔力暴走にかかる記憶混濁ということで片付けられている。

実際にゴブリンを片付けたのは私で、あるいはリュートと言う少年が死亡し、その影響で……私に記憶混濁と暴走が起きたと。

そういう風に結論付けられている。

確かにあまりに突飛な話だ。

しかも、挙句の果てには龍までが現れたと言う話だから、信じられないのは分かるけど。

でも……と私自身も思う事もある。

あるいは、本当に諸国連合から派遣されてきた事務方の連中の言う通りに、アレは全てが記憶混濁――夢なのではないかと。

リュートがあの場で死んでいたとすれば、当時十二歳の私にはとても耐えられたものではない。

しかも、結果として……私が守り切れなかったせいで、彼が死んでいたと。

そういう事になる。

そう考えると私の心は悲しみに絶対に耐えきれない。

脳は確実に機能不全を起こし、精神障害と言う意味で致命的な状態に陥るだろう。

だから——緊急避難として、その現実から目を背けるためにありえない幻覚を見せたのではないか……と。

そこで、私はプクッと頬を膨らませた。

「はいはい、いいですよーっだ。どうせあの時の記憶は……私の記憶障害か何かですよーだ」

そう言って、赤ワインをラッパ飲みする。

顎髭の騎士団副長が楽し気にこう言った。

「お、コーデリア？　イケる口だねえ？」

そこで騎士団長が大きく頷く。

「まあ、とはいえ、我々も深淵の大森林の深部でこうやって酒盛りができるのは……コーデリアのおかげだからな。お前さえいれば……この周辺の魔物であれば我々に敵はない」

と、そこで私の脳裏に微かな違和感が生じた。

今回の遠征は大森林を抜けた先の砂漠のサンドワームの討伐だ。

商隊を率いる大富豪から多額の献金も出ているもので、目的の魔物も強い。80を数える私のレベルも少しはアップするだろう。

でも……と胸に嫌な予感を覚える。

確かに、この森では飲んでもいい。警戒心はゼロでもいい。

騎士団のみんなも優秀だ。

私が出るまでもなく……並の魔物ならよってたかっての瞬殺だろう。

だからこそ、私達は祝勝前夜の宴会に興じているのだが……胸にピリピリと嫌な予感がする。

飲んだワインの総量はグラスで一杯半前後――普通の夕食時と変わらず、戦闘に支障はない。

けれど、急いで私は立ち上がる。そして杯のワインを捨てて、一気に何度も何度も水を呷る。

――生存確率を上げるために。

「どうしたんだコーデリア?」

背中から嫌な汗が流れ落ちる。この感覚は……三年前にゴブリンの軍勢がウチの村を襲った時以来だ。

「いや……ちょっと……酔っただけ」

既に酔いはさめている。

ってていうかそもそもほとんど酔ってはいない。

場の空気を読んで酒が回ったフリはしていたかもしれないが、そもそもこの場で……みんなの命を預かっているのは私だ。

厳密に言えば現況では、騎士団長は私の補佐官。

騎士団のみんなは私を子供扱いするが、いざ、戦闘となればそこは全員がプロだ。何が得で何が損かはわきまえている。

だからこそ、みんなが私の指揮下に入る。

そして私はそういう教育を受けてきたし、実際問題として実力で現場を黙らせる圧倒的な力もある。

今現在、私の力はBランク級冒険者の下位程度はある。

Bランク級と言えば、通常はレベル100を超えるあたりからというのが通常だが、そこは私は勇者で成長率補正があるから……。

まあ、それは良しとして、私の力はそろそろ戦術兵器と呼ばれる領域で、強制徴収の雑兵相手であれば千を数える単位での戦力と比肩する。

そんな私の様子が変わった事で、みんなが水を呷り始めた。

そして各々、自らの得物を手に持ち、周囲の警戒を始める。

流石に、かつてはオークキラーと呼ばれていた鬼の団長が率いていた騎士団だ。

バカ騒ぎをしていたようでいて、意外に酒量は控えられていたようだ。

「……お嬢？」

騎士団長の私への呼称が戦場でのソレへと変わる。

彼は私の――勇者としての第六感へ、多大なる信頼を寄せているのだ。

「…………サンドワーム討伐依頼は破棄した方がいいかもしれない。半端じゃない嫌な予感がする」

言葉を受けて、騎士団長は無言で頷いた。

そして手を挙げて周囲の全員に聞こえる声で呼び掛けた。

「――現時刻を以てサンドワームの討伐命令を破棄する。総員、これより撤退戦に――あ……ぎゃっ？」

気が付けば騎士団長の上アゴと下アゴが……離婚していた。

厳密に言うのであれば、それは頭部の切断と言う。

――カマイタチ……だったのだと思う。

勇者である私ですら、全く見えない真空の斬撃。

元より、私の状態の急変に異変を感じていた団員達。

そして撤退を告げる騎士団長が、その中途で突然に死亡した事。

致命的だったのが――私ですらもその攻撃に全く対応できていない事に、団員達が気付いた事。

「アハッ！　アハハッ！　アハハッ⁉　ねえねえ、お姉ちゃん？　それと……お兄ちゃん達？　どうしたのかな？　どうしたのかな？」

勇者である私に何の気配も感じさせずに……忽然として眼前十メートルの位置に現れていたのは、黒と紫を基調としたゴシックロリータの衣装に身を包んだ少女だった。

年の頃なら十歳そこそこの金髪縦ロール……私よりも数歳年下だ。

そしてそれは——伝承の、あの危険生物の姿と完全に合致する。

「……貴方は？」

「アハッ⁉　アハハハッ⁉　ねえねえ、お姉ちゃん？　勇者だよね？　お姉ちゃん勇者だよね？　しかも成長途中の弱っちい勇者だよね？　そんなお姉ちゃんが、こんな弱っちい騎士団を引き連れて……ねえ、ねえ？　質問してもいい？」

「……何？」

「死にたいの？　馬鹿なの？　死ぬの？　死ぬ気なの？」

「……だから、貴方は誰だって……聞いてんだけど？」

ゴスロリ衣装のフリルスカートを両手でつまんで少し持ち上げ、金髪縦ロールの少女は小首を傾げてこう言った。

「邪龍アマンタ……そこそこ程度には有名な伝説の魔物だよ？」

「んな事は知ってんのよっ！」

今まで、数多の勇者が若年期に……育ち切る前に、こいつに喰われている。

けれど騎士団長が殺されたとは言え、ここの全員で連携を組んでこいつに対処すれば……相当な犠牲は出るだろうけど、対処はできる。

冷や汗を垂らしながら、私は腰の長剣に手を伸ばした。

「みんな！　とりあえず……こいつを全員で取り囲んで――――！」

だがしかし、私の声が誰にも届かない。

「あれあれ？　お姉ちゃん？　お姉ちゃん？　お姉ちゃんはアホなのかな？」

「どういう事？」

「何でわざわざ、こっちが――最初に、一番強いお姉ちゃんじゃなくて、騎士団長をぶち殺したと思っているのかな？　かな？」

「……？」

「外様の脳筋にどれだけの団員が信頼を寄せているのかな？　かな？　で……本当に信頼を寄せている団長が一瞬でぶち殺されたのを見て……しかも、お姉ちゃんは対処できそうにないとなれば……みんなは普通どうするのかな？　かな？」

恐る恐る、と言った風に私は背後を振り向く。

総数百を超える騎士団は――恐慌に陥っていた。

武器を持ったまま逃げる者。
武器を捨てて逃げる者。
それらが九割八分。
たった三人だけが、私の背後で剣を構えてアマンタと対峙していた。
そこでクスクスとアマンタの笑う声。
「スキル：魅了」
言葉と同時、残った三人は武器を片手に私に向けて突撃してきた。
「犯して殺せ」
アマンタの言葉と共に、騎士団員の股間が——ズボンの下で膨らんでいく。
ああ、と私は絶句した。
——最悪だ。
流石は邪龍。これは本当に最低な類の敵だ……と。
「ごめんね……ごめん……本当にごめん」
聖剣を三度振る。
ヒュッと三度の風切り音。そしてドサリと三回、重苦しい音。
そして出来上がった死体が三つ。
アマンタを殺意と共に睨み付け、そして各々に逃走を始めているみんなに向けて私は大声で叫んだ。

「ダメッ！　みんな……落ち着いてっ！　全員でかかれば……何とかなるから！」

でも、私の声は届かない。

「クスクスッ……。ねえ、お姉ちゃん？　今どんな気持ち？　騎士団のみんなに見捨てられて、無視されて……今どんな気持ち？」

ちなみに……との前置きでアマンタは続けた。

「勇者が雑魚騎士団すらまとめられないなんて、マジウケルんですけどー！」

幾度も幾度もアマンタは両手を一心不乱に振り続けた。

同時にカマイタチが発生。

死体がその場で量産されていく。

正面を向いていればあるいは違ったかもしれないが、逃げている背中に、ただ攻撃を加える作業――それは簡単な作業だろう。

やがて、その場には私とアマンタ以外の生命の息遣いは消える。

「ねえねえお姉ちゃん？　一人になっちゃったけど……どうする？　どうする？」

私は剣を構えながらこう応じる。

「殺すなら殺せ――私は負けるだろう。ただし、その腕の一本は……道連れにする」

キャハハハとアマンタは笑った。

「お姉ちゃんにはそういう自由もないんだよ？」

アマンタは楽し気に笑い、金髪縦ロールをたくしあげた。

そして人差し指を立てると、こう言った。

「えいっ♪」

指先には二十センチ程度の魔力エネルギー体。

そして私に放たれる。

「ふんっ！」

聖剣を一閃。

魔力球を両断する。

「へー。じゃあ、これはどうかな？　えいっ♪」

「ふんっ！」

五十センチの魔力球を断ち切る。

「えいっ♪」

「ふんっ！」

一メートルの魔力球を断ち切る。

「えいっ♪」

「ふんっ！」

二メートルの魔力球を断ち切る。

「えいっ♪」

「ふんっ！」

三メートルの魔力球を断ち切る。

そこで私の背中を嫌な汗が走った。

――これ以上の大きさの魔力球を断ち切ることは……できない。

「あれあれ？　お姉ちゃんどうしたの？　えいっ♪」

アマンタの指先から放たれるのは五メートルの魔力球。

それも、超高速で迫りくる。

私は体を翻して避ける。

上手くかわして魔力球体は後方に行くが――けれど、その球体にはホーミング機能がついていたらしい。

避けたはずの魔力球が私を再度ロックオンして迫りくる。

再度、身を翻す……が、避け切れるものでもなく――被弾。

右手にかすめるように魔力球を喰らった。

肘の骨のどこかにヒビが入ったらしい。

鋭い痛みが走り、私は長剣を取り落した。

「キャハッ！　キャハハッ!!　キャハハハハハッ!?　ねえねえ？　死んじゃうの!?　死んじゃうの？　勇者？　勇者死んじゃうの!?」

楽し気に笑い、アマンタは再度、右手人差し指を突き出した。

そこで私は絶句した。

「十メートル級の魔力球……何の冗談？」

とにもかくにも、避けるしかない。

その時、避けようとする私の足下――地面から、モコモコと腕が飛び出してきた。

私の足は手に捕まれ、動けぬ状態のまま、左手に魔力球がかすめるように直撃した。

まともに正面から喰らうと、下手をすると絶命だった。

いや、でも、今のタイミングなら余裕で正面から直撃させることはできたハズ。

いや、これは……と私は思う。

「わざと……外した？」

ええ、とアマンタは動かぬ私の両手に満足げに頷いた。

「だって、私……好きだもん」

「好き……何を？」

「豚――オークの集団に、賢者や勇者のお姉ちゃんが……輪姦されるのを見るのが――大好きなのっ♪」

パチリとアマンタは指を鳴らした。

すると地面から一体の人豚――オークが現れた。

ボロ布を纏い、棒切れで武装した二足歩行の人型の豚が総数十体程度。

地面にトンネルでも掘っていたのか、次から次にアマンタの背後にオークが地面から這い出てくる。

そうして、アマンタの背後に総数百近いオークの集団が出現した。

私は戦慄した。

何しろ、その全てのオークが股間を直立させながら、鼻息を荒くしていたのだ。

ボタリボタリと垂れ落ちる涎の音。生臭い息遣い。舐めるような視線。

「あ……あっ……」

怪我のせいで私の両手は動かない。

とりあえず、一番近くのオークの首筋に蹴りを入れる。

「ブッヒャ――ッ!」

奇声を発しながら、ボグリと鈍い音が足の甲に伝わってくる。

延髄を破壊した。これでこのオークは戦線から完全に無力化された。

だがしかし……と私は歯ぎしりする。

確かにオークは弱い。

でも、そのバックにアマンタという絶対的暴力装置がある以上、これから先に……何が行われるかは必定。

ヘナヘナと腰を落としそうになりながらも、私はアマンタを睨み付けた。

「……それでも、私は勇者……邪なる者には屈しない」

「クスクスクス」

心底楽しそうにアマンタは続けた。

「ねえねえお姉ちゃん？　子宮に子種を注がれても……同じ事言える？　ねえねえ？　人間でもオークの子供は産めるんだよ？」

言葉に、ゾクッと背筋に嫌なものが走った。

迫りくるオーク。

その股間を見て……その生理的嫌悪感が私の脳髄までを支配した。

平たく言えば、私の心は折れたのだ。

五十センチは優に超えている規格外の…………。

私は汚物から顔を背けて、振り絞るようにこう言った。

「……めて」

「ん？　何なのかな？　何なのかな？　お姉ちゃん？」

「……だから……ゃ……ゃ……めて……」

「ん？　なんで……止めてほしいのかな？」

「――好きな人がいる。だから……オークだけは……オークだけは……止めて……っ！」

その言葉で心底嬉しそうにアマンタは頷いた。

そして再度、人差し指を立て、半径二十メートル程度の魔力球を現出させる。

「キャハッ‼　キャハハハッハ⁉　ねえねえお姉ちゃん？」

「……止めてくれるの？」

「ううん？　両足が元気だったら……お姉ちゃんだったら、オークを蹴り殺してしまうので……足を一本、無力化させてもらうよ？　いやー思い人のある女をオークがレイプ……これは楽しそう……」

そうしてアマンタは人差し指を差し出した。

――半径二十メートルの魔力球かァ……。

ちょっと私には捌けそうにないな。

そう考えて、私は口の中に潜ませていた錠剤を舌に乗せる。

そして、ペロリと舌を出し、アマンタにそれを見せた。

「トリカブトとマンドラコラの錠剤だよ。唾液で溶けないけど……胃液では溶ける」

こういう稼業をしているからには、こういう時の備えもある。

どうせ死ぬのなら、私は綺麗なままに死ぬ。

「死ぬの？　死ぬの？　お姉ちゃん……自害しちゃうの？」

「流石に……プライドってのはあるからね」

「キャハハ？　キャハハ？　ねえねえお姉ちゃん？　本当に死ぬの？　死んじゃうの？」

「私はそれで構わない」

つまらなそうに、アマンタは頬を膨らませた。

「本当につまらないの。オークの輪姦ショーに始まって……色々考えていたのになぁ……」

アマンタの指先の魔力球が更に膨らんでいく。

半径二十メートル、二十五メートル、そして三十メートル。

天に向けて掲げられた指の先——規格外の魔力に私は絶句する。

「でも、まあ、ここで自害するっていうなら興ざめ。それなら私の手で死んでくれるかな？　くれるかな？」

圧倒的な魔力が私に迫りくる。

ああ、これが私の終わりか……と今までの記憶が走馬灯のように脳内を駆け巡る。

私は、精一杯の抵抗として——アマンタに背を向けた。

そして全力で走った。

それは不格好だった。

およそ勇者らしくもなかった。

でも、この場合の私の勝利条件はただひとつ。

それは私の生存。

万が一の可能性にかけて、私は一心不乱に駆けた。

でも、魔力球の速度は私の全力ダッシュよりも幾らか早い。

後ろを振り向く。

——そこには半径三十メートルを超える魔力球。帝都の大魔導士でも……ここまでの球体は大儀式によるサポートと事前準備なくして作れないだろう。

いや、だからこそ、それができるからこそ、この魔物は伝承に残ったのだ。

それは当たり前と言えば当たり前のお話な訳で。

「どうやらここで終わりみたい。ごめんね、リュート……」

でも、私は操《みさお》は守った。

ざまあみろ、腐れオーク共——お前らに喰わせる処女はない。

背後を再度見る。

球体と、彼我の距離差は三メートル程度。

すぐに、私は魔力球に飲まれて……死ぬ。

「さよなら……さよなら——リュート」

今まさに、魔力球に飲まれようとするその時——懐かしい声が聞こえた。

いや、その声色は私の知るそれよりも一オクターブ低いものだ。

恐らくは、三年の間に声変わりがあったんだろう。

「勝手に……さよならとか言ってんじゃねーぞ？」

球体と私の間に、人影が割って入った。

そして人影はふんっと鼻息を鳴らすと同時に——背中の大剣を抜きもせずに、フックアッパーの要領で半径三十メートル超の球体に拳で殴り掛かった。

——ブオンと言う風斬り音。

同時、今まで、数多の英雄を屠ってきたアマンタの魔力弾が掻き消される。

正直、何もかもが信じられない。

人間がアマンタの力を掻き消したこの現象も。

そして、私の前に、何故にアイツがいるのか……も。

「リュート……？」

リュートは振り向き、そして私にむかって歩みよってくる。

そして、優しく私の肩にポンと掌を置く。

「勇者殿？　肩が震えてるぜ……？　本当に……らしくねえな。まあ、後は……俺に任せておけ」

「…………えっ？」

「約束だろ？　何があっても、お前がどこにいても、相手が何であっても……俺がお前のピンチの時には駆けつけて、必ずぶっとばしてやるって……さ」

コツリとゲンコツを私の頭に落として、リュートはそのまま前へ進み出る。

本当に何が何だか分からない。

意味が分からない。状況が飲み込めない。

村人が……勇者すらも即死の魔力球を拳で弾き飛ばす？　そんな……馬鹿な、ありえないと。

でも、リュートは……後は任せろと言ったのだ。

――そして、子供の時からアイツは私に一度も嘘をついたことはない。

だからこそ、ヘナヘナと私はその場で崩れ落ちる。

正直、緊張の糸が切れた。

何故だか分からないけど、リュートが来たから……何とかなるものだと私の心は安心しきってしまっている。

子供の時からの刷り込みと言う奴なのだろうか。

今は私が勇者でアイツは村人。

立場も実力も全く違うはずなのに……でも、その背中の安心感は何故か全く変わらない。

リュートの背中、頼れる背中。

何故だろう。ビックリする位に負ける気がしない。

——白馬の王子さまなんていない。どんなピンチでもぶっとばしてくれる白馬の王子さまは存在しない……と、さっきまではそう思っていた。

でも私は、リュートが現れたその瞬間にそれは間違いだと思ったのだ。

いや、それは悟ったと言いかえてもいい。

どんなピンチの時にでも駆けつけて私を助けてくれる……そんな、白馬の王子さまは……実在する。


——それはリュート＝マクレーン。私の幼馴染だ。

サイド：リュート＝マクレーン

さて……と俺は思う。

村へのゴブリン襲撃から三年。まあ、色々あった。うん、それはもうドラゴンゾンビから……色々あった。

何回、死にそうな思いをしたか分からない。

　でも、だからこそ俺は強くなった。

　そして今現在。

　――背後には震える勇者、そして前方には邪龍。

　悪者と守るべき者――状況は非常にシンプルだ。

「ねえ、何者？　アナタ何者？　私の魔法をはじき返しちゃうなんて、あなた何者？　どこの国から派遣されたAランク級冒険者？　ねえねえ本当に何者？　それとも貴方……勇者？　ねえねえ？　勇者なの？」

「Aランク級冒険者とは……これまた甘く見られたもんだ。で……何者だって質問だったな？」

　そして、ファックサインと共に俺はこう続けた。

「俺は――――世界最強の村人だ」

俺が言葉を終えると同時——アマンタの両手の爪が鋭く伸びる。

それは猫が普段は爪を隠しているのと同じで、つまりは戦闘モードになったということだ。

そして、その爪から滴り落ちる紫色の雫を見て俺は苦笑した。

「なるほど。龍と言うよりも……毒蛇か。邪龍っつーくらいだから、まあ、そういう存在だよな」

地面に雫が滴り落ちる。

半径数メートルの草が瞬時に腐り、嬉しそうにアマンタは笑った。

「うふふー。ねえねえお兄ちゃん？　お兄ちゃん？　綺麗な薔薇にはトゲがあるんだよ？」

「薔薇っつーか……見た目からそのまんま食虫植物だけどな。触れちまうと怪我をするだろうからできれば触れたくはねーんだが」

実際、見た目は十歳前後でゴシックロリータ。

現代日本で手を出せば余裕で警察的な意味でアウトだ。

そこでアマンタはクスクスと笑った。

俺の背後のコーデリアを確認して、心底嬉しそうに笑った。

「ねえねえ、お兄ちゃん？　お兄ちゃん？」

「何だ？」

「お姉ちゃんはね？　お姉ちゃんはね？」

「だから何だ？」

「――好きな人がいるんだって！　ねえねえ、お兄ちゃん？　お兄ちゃん？」

「……何だ？」

「もしかしてね？　もしかしてね？　お姉ちゃんの思い人って――お兄ち――」

ノータイムの加速。

相手は確かに幼女だが、それは見た目だけの話だ。

実際にはロリババァ。

つまりは――流石にウザイ。

背中に背負った剣を引き抜いて、俺は大上段からアマンタの脳天目がけて振り下ろす。

「キャハハッ！　キャハハハハッ！」

楽し気に、舞うようにアマンタは笑いながら俺の剣撃を避ける。

「ねえねえお兄ちゃん？　お兄ちゃん？　どこでこんな剣を手に入れたのかな？　手に入れたのかな？」

足癖の悪い幼女みたいだ。

まずは下段蹴り。

バックステップでかわすと同時、同じだけの間合いを詰めてきた。

次は頭部に向けての上段蹴り——と、見せかけて、途中で軌道を変えて中段へ。

——ブラジリアンキック。

なかなかどうして、やるじゃないか。この金髪ゴシック幼女。

「グッ……っ！」

モロに脇腹に被弾。

ちょいっとばっかし内臓が衝撃で踊る……ってか、割りと洒落になんねー。

——スキル：不屈発動。

何とか俺は倒れる事なく、アマンタに向けて剣で横薙ぎに返礼を行った。

そうして、俺の剣閃は完全に見切っているとばかりに、舞うように避ける。

そこでアマンタは余裕の笑みを浮かべる。

「ねえねえお兄ちゃん？　お兄ちゃん？　この剣って、多分……すっごいレアな剣だよね？　強い剣だよね？　それこそ、ベテランの勇者が持つような剣じゃないのかな？　ないのかな？」

剣を優雅にかわしながらアマンタは続ける。

「でもねでもね？　お兄ちゃんにはちょっとばっかし、この剣は似合わないのじゃないのかな？　ないのかな？」

クスクスと嘲笑の声が森の中に響く。

そこで俺の背後のコーデリアが自らの剣を構えてこう言った。

「リュート？　アンタは確かに強くなった……そりゃあもう、物凄い強くなった。それは分かるし、実際に私と一緒に戦えるレベルだと思う」

「そりゃあまあ、どうも」

「……私はアンタを尊敬する。何せアンタは——ある程度成長している勇者……私とほぼ同じ次元にいるんだからね。タダの村人がどうやってここまで叩き上げたのか……全く、アンタって男は……」

そうしてコーデリアは俺の背中に向けて歩みを進めてきた。

「リュート？　二人でやるわよ？　今の私と今のアンタなら、たとえ厄災が相手でも——やってやれない事はない。まあ、ひょっとするとアンタ一人で……退治しちゃうかもとか思ってたんだけどね。相手は厄災にも数えられる規格外……流石にそれは無茶——」

そこで俺は、やれやれとばかりに肩をすくめた。

「俺とお前の二人で……邪龍如きに対峙する？　どうしてだ？」

え……とコーデリアは大口を開いた。

「……さっきの戦闘を見させてもらったからだけど？　アンタ一人では流石に無茶って言うか……無理」

なるほど、と俺は苦笑した。

「あのさ、コーデリア？」

「ん？」

しばしのタメの後、俺は口を開いた。

「――俺はさっきの戦闘で……身体能力強化を使っていない」

「……へっ？」

コーデリアはフリーズした。

「だから、身体能力強化を使っていないんだよ」

何を言っているのか分からないとばかりにコーデリアは更にフリーズを続ける。

「……それって……どういう？」

「身体能力強化ってのは、最も基礎にして、そして最も倍率の高いステータス増強スキルだよな？」

「うん、そうだけど……で、近接戦闘職にはソレは必須スキルで、例えば剣士がそれを使わないとか……魔法使いが魔法を使わないとかそういうレベルな訳で……」

「で、身体能力強化を使えば、近接戦に必要なステータスは倍になる訳だよな？」

そこでイラッとした表情をコーデリアは作った。

「ごめん、本当に意味分かんない。だからつまり……どういうこと？」

「いや、実際……他の強化スキルは色々使ってるよ？　でも、俺は修行のために基本的な身体強化スキルは使わない事にしているんだ。この場合は身体能力強化だな……」

コーデリアの表情がどんどん蒼ざめていく。

まあ、実際にこれがどれほど常識外れなのかは自分でも知っている。

「ねえアンタ？　本気でソレを言ってんの？」

「ああ、つまり、俺は——本気出したら今の二倍強い」

と、そこで俺の背後から空気を読まずにアマンタが喜々として走り寄ってきた。

「お兄ちゃん？　お兄ちゃん？　戦闘中によそ見をしちゃあいけないって習わなかった？習わなかった？」

——身体能力強化発動。

攻撃力・防御力・回避の全てのステータスが二倍になる。

周囲の全てがスローモーションに見える。

で、俺が繰り出した攻撃は——

——裏拳。

前歯二本が粉砕され、一切の反応ができないアマンタは物凄い勢いで後方に吹き飛ばされていく。

森の大樹に激突し、けれど勢いは止まらない。

十以上の樹木を巻き込み、自然破壊を行いながら二十メートル程……ぶっとばされたところでようやく彼女は止まる事ができた。
信じられない、とばかりにアマンタは自らの口に手をやる。
そして、止めどなく流れる血液を確認し……しばし固まった。
十秒、二十秒、そして三十秒。
ようやく状況を認識し、固まったままのアマンタは一言こう言った。
「……ハァ？」

名　前：リュート＝マクレーン
種　族：ヒューマン
職　業：村人
年　齢：十二歳⬇十五歳
レベル：100⬇341
ＨＰ：4352／4352⬇11150／11150
ＭＰ：17890／17890⬇25680／25680
攻撃力：1031⬇3560
防御力：998⬇3540

魔　力：3408⬇6823
回　避：1162⬇3982
強化スキル
【身体能力強化：レベル10（MAX）——使用時：攻撃力・防御力・回避に×2の補正】
【神龍の加護：レベル10（MAX）——使用時：攻撃力・防御力・回避に×1.5の補正】
【鋼体術：レベル10（MAX）——使用時：攻撃力・防御力・回避に＋150の補正】
【鬼門法：レベル6⬇10（MAX）——使用時：攻撃力・防御力・回避に＋500の補正】
【龍神降臨：レベル0⬇5——使用時：攻撃力・防御力・回避に＋1000の補正】
【闘仙法力：レベル0⬇3——使用時：攻撃力・防御力・回避に×1.5の補正】
攻撃スキル
【神殺し：レベル0⬇3——神にダメージを与える事が可能なスキル】
防御スキル

通常スキル
【胃強：レベル２】【精神耐性：レベル２】【不屈：レベル10（MAX）】
【農作物栽培：レベル15（限界突破：女神からのギフト）】
【剣術：レベル４➡10（MAX）】【体術：レベル８➡10（MAX）】
【明鏡止水：レベル０➡10（MAX）】【龍脈運用：レベル０➡10（MAX）】
魔法スキル
【魔力操作：レベル10（MAX）】【生活魔法：レベル10（MAX）】
【初歩攻撃魔法：レベル１（成長限界）】【初歩回復魔法：レベル１（成長限界）】
【仙術：レベル０➡５】
職業スキル
【村人の怒り――効果：ＭＰの全てを消費してＭＰ及び魔力依存ダメージ（大）】
装備
エクスカリバー――攻撃力＋１２００、回避＋３００、神殺し属性付与3
龍王の指輪――攻撃力＋３００、防御力＋３００、回避＋３００
咎人ノ衣――防御力＋１００、回避＋８００

「……ハァ？　血？　血？　私が血？　ねえねえ？　これって血液だよね？　血液だよね？　どういう事なのかな？　どういう事なのかな？」

「どういう事って……俺の裏拳に何の反応もできずにお前は無様に前歯を折られて吹き飛ばされた。ただそんだけの話だ——要はお前の力が及ばなかった。そんだけだ」

「……ハァ？　厄災である私が？　力の象徴たる私が？　力ある種族たる龍族の中でも最上位の力を持ち、そして異端視される私が？　力が及ばない？　ねえねえお兄ちゃん？　お兄ちゃん？　頭の脳みそはスカスカなのかな？　なのかな？」

ワナワナとアマンタはその場で怒りに肩を震わせる。

信じられない——とばかりにコーデリアはただただ絶句する。

そして、余裕の表情で俺は、やれやれ……とばかりに邪龍に向き直る。

「で……どうするんだ、龍族の中で最上位の力を持つ……邪龍殿？」

龍の中で最上位と称する時点でコイツの底力なんてたかが知れている。

龍の中ですらも、こいつは所詮は最強ではないのだ。

つまり、コイツは俺のツレであるホスト侍——龍王にすら敵わないって事だ。

「——ふふふ？　ねえねえお兄ちゃん？　ステータスがちょっとばっかり高いみたいだけどね？　だけどね？　私も——こういう事ができるんだよ？」

妖艶に笑い、青白いオーラにアマンタは包まれた。

「じゃんじゃじゃーん☆　キャハッ？　キャハハッ？　人間にはちょっとできないよね？　これはね？　これはね？　スキル：神龍の加護って言うんだよ♪　1・5倍にステータスをプラスしたりする龍族にだけ許されるスキルなんだけどな？　なんだけどな？」

アマンタの言葉を受けたコーデリアは絶句した。

「聞いた事がある……龍神の加護……ステータスが1・5倍……」

コーデリアは息を呑んで、大声でこう言った。

「恐らく、これでリュートと邪龍のステータスは再度並んだ…………やっぱり私も加勢するよっ！　正直、この領域の戦いに……私が参加しても足手まといかもしんないけど……！　でも、それでもっ……たった一人で厄災の相手なんて……させる訳にはいかないっ！」

いいや……と俺はコーデリアを手で制した。

「だから言ったろ？　俺は基本的な身体強化スキルは使ってないってさ？」

言葉と同時、俺はスキルを発動させる。

同時に、青白いオーラに俺の体も包まれる。

――スキル：神龍の加護。近接戦闘に関するステータスを1・5倍にするスキルだ。

「はい……これで俺もステータス1・5倍。で……生憎だが、これで相殺だ。邪龍殿？」

パクパクと金魚のようにアマンタは口を開閉させる。

半狂乱になりながらアマンタは壊れた機械人形のように叫んだ。

「な、な、なんでなんで？　どうしてなんで？　なんでどうして、どうしてなんで？」

「え――っと。確か神龍の加護ってのは……これは龍族にだけ与えられたスキルだったかな？」

「そ、そ、そう！　そうなの！　な、な、なんでなんで？　なんでお兄ちゃんが龍族の秘術を？」

右手の中指をアマンタに見せる。

そこには――龍王の指輪がはめられている。

「それは……りゅ、りゅ、龍王様の……？　えっと、お兄ちゃんは人間だよね？　だよね？」

「ああ、そうだ」

「それがどうして龍王様の指輪を？」

「去年、龍の里のトーナメントに出場したんだよ。そこで、優勝しちゃって、成り行きで……次の龍王――三十八代龍王の内定を出される事になった」

龍王までを含めた無礼講が許されるお祭り――そこで催されるガチンコの殴り合いのトーナメント戦。

一年前。

俺の、俺に対する龍の里における卒業試験として参加した祭りだったんだが……予想外に優勝してしまった。

龍王には負けると思ってたんだがな。

いや、今現在なら別にして、少なくとも実際に一年前のあの時点では俺は龍王に到底敵わなかった。

ったく、あのホスト崩れも中々に食えない野郎だ。

とはいえ……まあ、それはそうとして、どうにも勝手に次世代の龍王に認定されたが、俺はあんな面倒臭そうな役職は余裕で断るつもりだ。

プルプルと小刻みに震えて、ヘナヘナとアマンタはその場に倒れ込む。

「ありえない……ありえないんだよ？　そんなのありえないんだよ？」

逆の立場だったら俺もそう思う。

ただ、龍族だったら俺の指輪が本物だと分かるはずだ。

実際、アマンタの脳内は完全にパニック状態だろう。

状況の全てが異常で、そして異端すぎる。

「ありえないって言われても、まあ……そうなっちまってるんだから仕方ねーだろ」

信じられないと言う風に再度アマンタは顔を左右に振る。

「でも、でもでもでも！　信じられないんだな！　とても信じられないんだな！」

「いや、まあ、信じて貰わなくてもいいんだけど……」

そこで急に立ち上がると、ポンとアマンタは掌を叩いた。

「じゃあ……お兄ちゃんはアレを使えるの？　私は嘘だと思っているんだな！　その指輪も、きっと盗品か何かなんだな！　でも、あのスキルは龍王の器の者にしか使えないんだなっ！」

勝ち誇った顔のアマンタ。

どうにも、俺が正当な手続きを踏んで龍王の指輪を所持しているとはどうしても信じたくないらしい。

で、俺はしばし「アレ……？」と考える。

そして、あぁ……と首肯した。

「ああ。当然使えるぞ？」

腰を落とし気合いを入れる。

俺の周囲に淡い朱色のオーラが纏われていく。

同時に、ヘナヘナとアマンタはその場にへたりこんだ。

それもそのはず、俺が使用している技は――

「龍神降臨――攻撃力・防御力・回避の基礎値に＋１０００の補正だ。生きたままにして龍神を身に降ろす……龍王にのみ許されたスキル。まあ、ＭＰの消費は半端じゃねーけどな」

実際、龍王でもこの術はここぞと言う時にしか使わない。

何しろ燃費が最悪だ。

ただ、まあ、俺の場合はＭＰがアレだから……。

そして、ふと気になって後方のコーデリアに視線を送る。

――完全に置いてきぼりを喰らっているようだ。ただただポカンと大口を開けて、呆けた表情を浮かべている。

目と目が合った。

コーデリアはこう言った。

「……ごめん、マジ意味分かんない。少し見ない内に……超速度で、勇者を置いてけぼりにするようなありえない速度で……強くなってんじゃ……ないわよ？　どういう事？　マジで意味分かんない」

うん。

二回目の人生の時、同じ事を俺はお前に対して思ったよ。

自重する事を知らないお前のステータス成長に……俺はマジで意味分かんねーってな。

だからこれはお互い様だ。

ニコリと笑った俺を見て、ハァ……とコーデリアは深く溜息をついた。

そして俺に向けて、はにかみながらこう言った。

「と、言っても、まあどうしようもないんでしょうね…………頑張ったねリュート。うん。アンタは頑張った——だったらさ」

「だったら？」

「ちゃっちゃと邪龍はぶっとばして、一緒に村に帰ろう。おばさんが心配してるよ？　おじさんも言葉には出さないけど心配してる。アンタ……突然に村を飛び出しちゃったから……」

「突然にって、お前さ……俺が何のためにこうしてると思って……」

そこで俺は息を呑んだ。

コーデリアが目尻に涙を溜めて、半泣きになっていたのだ。

「——アンタの努力は分かるよ。いや、努力とかそういう言葉では片付かない……。アンタが何をやってこうなったのかは分からない。でもさ……」

「でも？」

「アンタが何を思って、どんだけ頑張って……いや、想像もできない努力でこうなったかは分かる。『俺がお前のピンチの時には駆けつけて、必ずぶっとばしてやる』って……子供の時の約束を……馬鹿正直に……」

コーデリアの目尻から頬へ涙が一筋流れる。

「ありがとうね、リュート。助けに来てくれてありがとう……本当に……ありがとう」


色んな事が走馬灯のようにフラッシュバックしていく。

二度目の人生で非力を痛感した事。

だから、強くなりたいと思った事。

三度目の人生で生まれてこの方……魔力枯渇で無茶な痛みに耐えていた事。

いや、今回の人生は……起きている時間のほぼ全てを効率的に強くなる事に費やし、そして強くなるために全てを犠牲にしていたんだ。

ゴブリン、そしてドラゴンゾンビから始まり、俺は数々の激戦を制してきた。

死にそうな目にも何度もあった。

けれど、俺はその全てを乗り越えてきた。

それは何のため？

そう、全てはコーデリアの笑顔を守るためだ。

だからコーデリアの――

——ただ、『ありがとう』その一言で俺のこれまでの全てが報われた。

うんと俺は頷いて、アマンタに向き直った。

そのまま邪龍を睨み付け、俺は言い放った。

「って事で……後はテメエをぶっとばして一件落着って奴だな」

言葉を終える前にノーモーションでアマンタがこちらに向けて跳躍してきた。

不意打ち気味に繰り出される第一撃。

ひょいっと体躯をそらして俺は攻撃を避ける。

そこから始まるアマンタの連打。

連打。

連打。

ただひたすらの連打。

毒液を爪から飛ばしながら、ゴスロリの少女は舞踏大会のように優雅に、流れるように自らの体躯を操っていく。

が、しかし、その全ての攻撃は、やはり舞踏で振る手足のソレと同じように、ただただ宙を切っていく。

「あくびが出るな」

言葉と同時の返礼。

俺のボディーブローがアマンタの鳩尾を貫いた。

確かな手ごたえ、そこでアマンタの舞踊は終演を迎えた。

優雅、あるいは美という形容とは程遠い、胃液混じりの粘液を撒き散らしながらアマンタはキリモミ回転で吹き飛んでいく。

そして背後の大樹にへばりつくように激突し、そのまま滑るように地面に落ちる。

うつ伏せの体勢で這いつくばるアマンタはその場で奇声を発し始めた。

「グッ……グゥエエエエッ……」

そのまま嘔吐を始めると同時、俺の蹴りが綺麗にアマンタの頭部に直撃した。

正しく、それは頭部を球に見立てたサッカーボールキック。

物凄い勢いでアマンタは吹き飛んでいく。

そして再度、背後の大樹に激突し、落下した。

そのまま、膝をついた状態でアマンタは小刻みに震え、再度嘔吐を開始した。

血液が混じった胃液が吐き出され、息も絶え絶えに鼻水と涙を垂らし、咳込むアマンタを見て、俺は渋面を作る。

——ってか、いくら人外のロリババァとは言え、見た目幼女を素手でボコボコにするのは……精神衛生上良くないな。

そこで俺は背中の大剣を引き抜いた。

「そろそろ終わりにしようか。邪龍殿？」

俺の背後でコーデリアはゴクリとツバを飲んだ。

「圧倒的……じゃない。厄災にも認定される……危険生物を……まるで子供扱い……アンタ……本当にとんでもない存在になったんだね……」

そこで俺は苦笑しながらこう言った。

「馬鹿言え、俺は初歩魔術もロクに使えない、しがない村人だぞ？　まあ、ちょいっとばっかしステータスはおかしいがな」

その言葉を受け、虫の息状態だったアマンタに活気が戻る。

そして彼女はニヤリと口元を吊り上げた。

「魔法は使えない？　次代龍王って聞いてたから……何でもできるオールラウンダーだとばかり思ってたんだけど……なるほど、なるほど――脳筋さんだったんだね！」

アマンタは立ち上がり、楽し気に笑う。

俺の攻撃で顔中に擦過傷を描き、口と鼻からは盛大に血が混じった粘液を垂れ流している。

が、それでも彼女は狂気の交じった美しい笑い声を奏でた。

そうして、彼女はゴスロリ服のスカートを両手の指でつまみ、そしてたくしあげた。

「……？」

必然的に白い柔肌があらわになる。

太もも、股、そして紫のショーツ。

そうして彼女は片手でスカートをたくしあげたまま、ショーツを片手でズラしていく。

と、そこで俺は絶句した。

――ショーツの下。

本来は性器が所在している場所にはびっしりと目玉が詰まっていた。

百目……という日本の妖怪を俺は思い出したが、ともかく彼女の肌には一センチ程度の大きさの目玉がびっしりと埋まっていたのだ。

そしてその目玉の一つ一つが俺の方に視線をぎょろりと向け、紫色にその眼光が怪しく光る。

「魔眼かっ……！　ってか、どんだけ趣味の悪いところに……」

「えへへ？　えへへ？　驚いた？　驚いた？　これが私の全力全開なんだよ？　魔眼を併用した私の魅了のスキルに耐えられる男の人なんていないんだよ？　いないいんだよ？」

くっそ……と、俺は頭を抱える。

そうして脂汗を浮かべながら、苦悶の表情を浮かべた。

「あれれ？　魔術的な特殊抵抗が全くないよ……？　ねえねえ、ひょっとして……レジスト（抵抗）アイテム持ってない？　脳筋ちゃんなのに……状態異常対策してないっ⁉　バカバカ……お馬鹿ちゃんっ！　きゃっはっ！　きゃっはっはァ――――！　ねえねえ？　お兄ちゃん？　お兄ちゃん？　さっきまでの威勢はどうしたのかな？　どうしたのかな？　えへへ？　えへへ？　私のね？　私の魔力はね？　近接戦闘職でありながら……１５００を超えてるんだよ？」

俺は地面に蹲《うずくま》り、虚ろな表情を浮かべた。

「脳筋ちゃんにはこれはちょーっと、厳しいんじゃないのかな？　ないのかな？　効いてきたみたいだね？　みたいだね？　そしてそしてぇー！　この魔眼こそが……私が規格外と言われる理由――この事を知る人はあまりいないんだけど……こと、魅了スキルを扱うにあたって……私の魔力は三倍になるんだ！　なるんだ！」

「……魔力っ……強化……系……スキル……か。それは……確かに……珍しい……な」

普通、魔術職同士では魅了や石化の強度状態異常は通用しない。

何故かと言うと……色んな条件はあるにせよ、そういった状態異常を有効に仕掛けるには魔力ステータスに、相当な実力差が必要とされている。

そして、近接戦闘職というのは、普通は状態異常のカモな訳だ。

丸腰であれば当然にして状態異常のカモとなる。

例えレジストアイテムを持っていたとしても、圧倒的に魔力ステータスに差があれば、結構な確率で状態異常の餌食となる。

だからこそ、冒険者は役割分担を決めて徒党を組んでパーティーを組む。

脳筋連中には、神聖職による魔術レジストや異常回復のアシストは必須という具合に。

焦点の定まらない虚ろな表情でそんな事を考えていると、アマンタはすまし顔でこう言った。

「――つまり、私の魅了スキルは魔力4500以上という規格外の出力で絶賛放出中なんだよっ⁉　これに対抗するには、近接職には無理無理無理無理無理なのだっ☆」

跪《ひざまず》く俺。

妖艶に笑うアマンタ。

アマンタは楽し気に指をパチリと鳴らした。

「……さあ、強いお兄ちゃん……私のシモベになっちゃいなさい？　色んな意味で可愛がって……ア・ゲ・ルッ！　キャハハッ！　キャハハハハッ！　拷問的な意味でも……そしてもちろん……エッチな意味でも……可愛がってアゲルからね！　キャハッ！　キャハハハハッ！　私が状態異常のエキスパートだとは知らなかったみたいだね⁉　お馬鹿ね？　お馬鹿ちゃんね？」

知ってるよ。

俺はニヤリと笑った。

と、言うのも、いい加減にロリババァに話を合わせるのにも疲れてきたのだ。

「と、まあ茶番はここまでにしようか」

俺は何事もなく立ち上がり、そしてコキコキと首を鳴らした。

「……アレ？」

キョトンとした表情のアマンタ。

俺は半笑いでこう言った。

「いや、お前にも夢を見させてやりたかったんだよ」

「……え？　さっきまで……フラフラな感じで……って……えっ？」

「ああ、演技だよ演技。最初から最後まで俺が圧倒的にボコったら……ちょっとそれもどうかなって思ったんだよ」

「……え？」

「いやさ、お前さ？　俺の後ろの女をオーク連中に種付けさせようとしただろ？」

ようやく状況の認識を始めたらしい。

見る間にアマンタの表情から血の気が引いていく。

「……」

「だからさ、一度……お前をとことんまで調子に乗らせて、そこから突き落とすのも面白いと思ったんだよ」

「……つまり？」

「俺のMPは25000を超えている。そして……魔力は7000近いって事だ。スキル諸々含めたところでも、俺に状態異常をかける事のできる奴は存在しねえ。ってか、それができたとしても……対処できる。だから俺はレジストアイテムなんて持っちゃいねえ」

その場で膝をついて、アマンタは頭を抱え込んだ。

「ほえ？　魔力……7000？」

そしてアマンタはその場で表情を恐怖と驚愕に歪めた。

「クソッ！　クソッ！　なんでなの？　なんでこんな化け物が人間にいるの？　今の世代の勇者はみんな育っていないはずなのに……なんで？　なんでなんで？　どうしてなんで？」

「運が悪かったと思って諦めるんだな」

アマンタは急に立ち上がると、その場で横っ飛びに七メートル程跳躍した。

そうして、アマンタは俺の後方のコーデリアに視線を送る。

「でもー！　ざーんねんっ☆　魅了はできなくても、こっちのお姉ちゃんになら……キャハハハッ⁉　キャハハッ⁉　私はここで死ぬけれど……だけどね？　だけどね？　お姉ちゃんに……一太刀は入れる事ができるんだよ？　できるんだよ？」

アマンタは大口を拡げる。

ようやく化け物としての本性を発揮したのか、顎は外れ、メキョメキョと骨は変形し、カエルのような見た目になった後――彼女はドドメ色の液体を吐き出した。

「邪龍アマンタの最後の嫌がらせ――しかと受け取るんだな！　受け取るんだなっ！　特製の毒なんだなっ！」

「状態異常……毒か」

「命に別状はないんだなっ！　でもでもっ！　皮膚を溶かすんだなっ！　溶かすんだなっ！　命に別状はなくても……美貌には異常は出るんだなっ！」

なるほど。

確かに嫌がらせとしては最悪の部類だろう。

俺はやれやれと肩をすくめてこう言った。

「――リリス？」

肩にかからない程度のショートカット。

「……委細承知している」

純白のローブに身を包んだ水色の髪色の少女は、気だるそうな声色で、俺の言葉にそう応じた。

リリスはコーデリアとアマンタの間に立ち、そして掌を拡げた。

神聖を示す銀色に、地龍のイメージカラーである金色が混じった、光の障壁が形成される。

そうして、アマンタの吐き出したドドメ色の液体が浄化されていく。

「――これは？」

コーデリアの言葉に、振り向きもせずにリリスが答える。

「……スキル：神龍の守護霊。私の絶対領域では如何なるバッドステータスも無効となる」

リリスの出現に、アマンタは頭を抱え込んだ。

「……私の状態異常を……完……封……？　ねえ、お兄ちゃん……これってどういう事なの？」

フルフルと怒りに身を震わせて、アマンタは俺を睨み付けた。

「弱肉強食。ただそんだけの話だ」

理解できないと言う風にアマンタは小首を傾げた。

「俺が強くてお前が弱い。ただ……そんだけの話」

「弱い……？　私が弱い？　現世《うつしょ》にありながら昇神した……邪龍アマンタが？」

「昇神……ね。龍族の誇りを捨てて、ただ力のみを求めた結果……上級邪神の下僕となり、対価として下級邪神に至った腐れ外道だったかな……お前、龍族の中ですこぶる評判悪いぞ？」

何かを諦めたかのようにアマンタは軽く頷いた。

そして無邪気な笑顔と狂気の色で表情を塗りつぶし、ハイテンションに笑ってこう言った。

「お褒めの言葉と受け取っておくんだな！　おくんだな！　キャハハッ☆」

懐から球状の何かを取り出す。

そして頭上に掲げ――

「という事で……バイバイッ♪」

こちらに向けてウインク。

今まさに、頭上に掲げた手から、地面に向けて投げ捨てようとしているモノ。

それは恐らくは超高性能の煙幕だ。

その威力と言えば、探知スキルのほとんどが一時的にオシャカになってしまい、周囲は完全なる漆黒に包まれる。

まあ、何で俺が知っているかと言うと――魔界で何度か喰らった事があるからだ。

それはさておき、あの煙幕が作動した場合は逃走を許してしまう公算の方が高い。

舌打ちと共に俺はこう言った。

「ならば――」

体中に力を込める。

ステータスに表記すらされない、禁断のスキル群。

――とっておきのスキルを含めて、必要なスキルを全て発動させる。

そのまま俺はアマンタに向かって突撃した。

途中、拳銃を撃った時のような軽く、そして乾いた音が周囲に響き渡った。

それは音速を超えた際に発生する衝撃波の音で——俺の肉体が音速の壁を突破した合図でもある。

正に一瞬。

文字通りの瞬きの間に俺はアマンタの眼前に立ち、そして煙球を持つ掌を握りしめていた。

カッとアマンタは目を見開いてこう言った。

「今の速度……何なの……かな？　何なの……かな？　どんな手品を……使ったの……カナ？」

「手品って……お前も手品を使って逃げようとしてたんだろうがよ？」

掌を無理矢理に開き、煙玉を奪い取る。

後でリリスに渡しておこう。彼女の護身アイテムとして非常に役に立つはずだ。

で……と俺は口元をニヤリと吊り上げてこう言った。

「往生際が悪いぜ？」

そして、続けてこう言った。

「——三下は、サクッと退場するモンって……相場が決まっているんだ」

最早これまで。

アマンタは降参だ……とばかりに、軽く微笑を浮かべ、肩をすくめた。

「……これで私も終わりなんだな……終わりなんだな……」

と、言いつつも少女の笑みは変わらない。

「えらく余裕だな？」

「次は三百年位かなァ？　お兄ちゃんはもうその時にはいないよね？　いないよね？　だったら、その時にまた……弱っちい勇者がいれば、その子と遊べばいいんだな、いいんだな」

厄災に認定されるモンスターは多くの場合は邪神や魔神がその正体となっている。

それはつまり、肉体を滅したとしても、数十年～数百年で再度受肉し、新たな生を得るという事だ。

半不死とも言えるような存在であり――現世にありながら昇神すると言う言葉の形容は、正にこの事をさしているのだ。

故に、彼等にとって……肉体の死という意味は軽い。

老衰で死のうが、戦闘で死のうが――時間が経過さえすれば最盛期の自らの肉体の状態でリスタートできるのだから。

と、そこで余裕の笑みを浮かべているアマンタの表情に、内心で俺はほくそ笑んだ。

所詮はこいつは下級の邪神だ。

そうであれば、こいつを見ればどんな表情をするのかが、手に取るように分かるからだ。

俺は鞘に納めていた大剣を抜き出した。

そして念を込める。

と、同時に白銀色のオーラが刀身に纏われる。

そこでアマンタの表情が瞬時に真っ青になり——否、真っ青を通り越して土気色に変わった。

彼女の心に芽生えた『まさか……』という懸念を、確信に変えるため、俺は口を開いてこう言った。

「次なんてねえよ。こいつはエクスカリバー……滅神の宝具だ」

「……えっ？　えっ？　えっ？　嘘……？　やだ……それ……ほっ……ほっ……本物なの？」

「本物かどうかはお前が一番分かってるんじゃねえか？　命の危険に冷や汗も止まんねえだろ？」

「ヤダ……ヤダ……ヤダヤダヤダヤダヤダヤダヤダヤダヤダヤダヤダヤダヤダヤダヤダヤダヤダヤダ……嫌だああああああああああああああっ！」

そうしてアマンタは俺に背を向けて全力で走り始めた。

逃げきれる訳もないとは本人も分かっているだろうが、それでもそれ以外に選択肢はなかったのだろう。

物理攻撃では相手にならない。

状態異常も通用しない。

逆の立場なら俺だって涙目だ。

が、俺としてもここで取り逃がすほどにはお人好しでも、マヌケでもない。

「テメエはここで終わりだ――！　往生しやがれっ！」

跳躍し、アマンタの頭上を目がけて大剣を振り下ろす。

ヒュッと風切り音。

シュパッと首と胴体が分かれ、ドサリと間を置いて二回、音が聞こえた。

そこで俺は大きく息を吸い込み、人心地ついた。

そして、懐から布を取り出して刀身をぬぐう。

まあ、伝説級のアーティファクトだから脂や血で切れ味が鈍ったり、錆が出る事はないんだが……どうにも癖でこうやっちまう。

それもこれも、一番初めの俺の剣の師匠であるところの、元騎士団長のバーナードさんの仕込みが良かったんだろう。

「……リュート……アンタ……今の……退神や封神ではなく……滅神？」

コーデリアが声を震わせながら俺に尋ねてきた。

ちなみに、退神と言うのは普通に肉体を消滅させた状態を指す訳で、この場合は普通に復活する。

封神の場合は魔術結界を構築し、神の実体（魂）を一定空間に閉じ込める事を指す。

この場合は数千年単位で活動を停止させる事、つまりは復活までのスパンが長い訳で有効性は高い。

そうして最後は滅神。

それはつまり――

「ああ、神の魂……アストラル体そのものを破壊した。これで二度と復活はしない。アレは邪神の類だ……残しておいてもロクな事にはなりゃあしねえ」

「……ほ……本当に封神ではなく……滅神？　成熟した勇者が神具を授かって……ようやく為しえる偉業を……わずか十五歳で……？」

「まあ、そういう事になるな」

「全く……本当に訳分かんない事になってるみたいね」

呆れたようにそう言うと、コーデリアはリリスに視線を向ける。

そうしてコーデリアは、値踏みするようにリリスを上から下まで眺めて、再度俺に視線を向ける。

「ところでリュート？　質問してもいい？」

コーデリアに続けて、リリスも俺に視線を送った。

「……リュート？　私も質問がある」

二人の視線を受け、俺は呆けた表情でこう言った。

「……ん？　質問って……何だ？」


「この女……誰？」

「……幼馴染の勇者が女だとは私は聞いていない」


コーデリアは拳の関節を鳴らしながら。

リリスは親指の爪をバチバチと噛みしめながら。

――二人の美少女が、コメカミに青筋を浮かべながら、ニッコリと笑ってそう尋ねてきたのだった。

エピローグ　～地上最強の村人～

サイド：コーデリア＝オールストン

あれから一年。

――結局、アイツはあの後、まるで逃げるようにすぐに去っていった。

曰く、私には明かせない理由があるとのことで……まだまだ強くならなくてはならないという事だ。

まだまだ強くなるって……厄災を……神を単独で滅するレベルの人間が何を言っているのだろうかと……正直呆れた。

ってか、乙女心を何だと思っているんだろう。まあ、今度会ったら、会った瞬間に一発頬に平手打ちをかましてやるけれど。

いや……実際、アイツにとっての私って一体何なんだろう？

互いが互いに大切に思っているのは間違いない。

そして私はアイツに恋心を抱いている。それも間違いない。

でも、アイツは……そっち方面の意味では私をどう思っているのだろうか。

はぁ……と溜息をつく。

どちらにしろ、アイツは死刑だ。何年も勝手に消えて……戻ってきたかと思えばすぐさま……また消えた。しかも女連れで現れて、女連れで消えた。

――絶対に許さないんだから。

一発や二発の平手打ちじゃあ……絶対に許さないんだから。


「リュートって……リュート＝マクレーンですか？　私達は特殊な職業適性があって……そして彼は村人で……四年も前にゴブリンの襲撃の際に死亡したはずでは？」

アルテナ魔法学院の渡り廊下。

私の横を歩いているのは、これまた幼馴染のモーゼズ。

職業は賢者で、これまた強力な職業適性を持っている。

将来的に、厄災を含めた魔物の討伐の際には彼と組まされる事は決定している。

私、モーゼズ、そしてリュート。

ドがつくような田舎に三人も規格外が産まれるなんて……出来過ぎた話だとは思うけれど、そこは一旦措いておこう。

「分かってる。本当はそんなの有りえないって分かってる。王都の調査隊の調査結果の方が理に適っている……でも……」

モーゼズの言葉通り、アマンタ事件で騎士団は壊滅した。

そうして生き残りは私だけ……ゴブリンの時と同じく、調査隊が派遣されたのだが……。

やはり調査隊の下した結論は、私の勇者としての力が暴走して――という事になっている。

「確かに邪龍アマンタの出現の痕跡があり、そして現場の状況から滅神の可能性もありました。やはり、コーデリアさんの勇者としての資質……御霊が暴走したと考える方が最適かと」

ゴブリンと邪龍。

二度にわたる暴走と、そして幻覚。

おかげで私には狂気の魔姫バーサーカーと言う不名誉な二つ名までついている。

というか、自分でも思う。

ゴブリンとアマンタの出来事の時にリュートが何とかしてくれた……やっぱりアレは幻覚か何かなんじゃないかと……。

でも、でもでもでも……ああ、本当に訳分かんない。

頭痛が軽く襲い掛かってきた時、渡り廊下から覗く運動場から歓声が聞こえた。

見ると、学院外部の生徒達が集まって、標的に向けて魔法を次々と繰り出している。

「あれは何をやってんの？」

私の疑問に、眼鏡の腹を人さし指で押さえながらモーゼズが応じた。

「うーむ……私とコーデリアさんは騎士団所属ですよね？　来月からここで学ぶ事は……訓練の一環として……あくまで研修と言う名目です」

「そりゃあまあ、そういう事になるよね。学費どころか結構な額のお給料も頂く訳だし……で、私達は特待生クラスだったっけ？」

「ええ、優秀な生徒を身分を問わずに学費も取らずに国費で教育する……やがて国家群にとって役に立つ訳ですから、先行投資ですね……まあ、それは措いといて、ここは本来は学び舎です」

「……っつーと？」

「わざわざ学費を払って魔法を習いに来る人間も大量にいるんですよ」

「なるほど。新入生入学の試験か何かっつー話な訳ね？　モーゼズ？　ちょっと……座ろうか」

渡り廊下に設置されたベンチに腰掛ける。

怪訝な表情でモーゼズもまた、私の隣に腰を掛けた。

春の暖かい風の中。

私はグラウンドで的に向けて魔法を放つ彼や彼女を眺めていた。

大体の人達は下級魔法を扱っている。そして時折起きる歓声の際には中級魔法が放たれている。

私やモーゼズのレベルからすると、中級魔法であっても……やはりそれは拙《つたな》い。

けれど……みんな一生懸命だ。

これからの希望や野望に目を輝かせて、良くも悪くも真っ直ぐな瞳。

うん。悪くないね。

「……これを見てどう思う？　モーゼズ？」

「ふむ……」

しばし、グラウンドの受験生を眺めてモーゼズは鼻で笑った。

「拙いですね。話になりません。そもそも、彼らは特殊な職業適性ではありません。我々のような生まれながらの選ばれし者とは違う……どれだけ努力を重ねても精々がCランク級冒険者がいい所でしょう」

「そういう事じゃなくてさ……みんな一生懸命やってんじゃん」

「一生懸命やるか否かと……能力、そして結果は全く関係のない話です」

「私が言いたいのはさ、私達もそこそこ強くなったけどさ」

「ふむ？」

「初心を忘れずに……頑張っていきたいなとかさ……で、モーゼズもそう思わない？　とか……そういう事だったんだけれどさ」

「良く分かりませんね。まあ、どの道、特殊な職業適性がない者と、我々は全く異なる人種です。いや、それは生物としてのランクが生まれながらに違うと言ってもいい」

やっぱり戦場でこいつに背中を預ける事はできない。

確かにこいつは優秀だけどいざという時、真っ先に打算に走るタイプだ。

まあ、それはおいおいの話だからいいとして。

「そうかな？　生まれながらの適性って……確かにそれは絶望的な差かもしれないけれど、でも……」

「でも……？」

「それだけで百パーセント全てが決まるのかな？　無茶を承知で……知恵と努力で全てをひっくり返す事って、本当にできないのかな？」

「コーデリアさんは……おかしな事を言うのですね」

「うーん。おかしな事かなあ？　大陸の版図の四割を占めるシーズ帝国の皇帝陛下だって、二十代も遡れば……元は奴隷剣士でしょう？　そりゃあ、職業適性は剣聖だったかもしれないけれど……奴隷から始まって皇帝にまで上り詰めるなんて……生まれながらの境遇に全てが依ると言う、あなたの論では普通は無理だよね？」

話にならないとばかりにモーゼズは肩をすくめた。

再度、私は受験生達に視線を向ける。


――と、そこで私はフリーズした。


そして口をパクパクパクパクパクパクと金魚のように何度も何度も開閉させる。

私の様子の変化に気付いたらしいモーゼズが怪訝な表情を浮かべた。

「どうしましたか、コーデリアさん？」

「……い、い、い、い」

「……い？」

「…………………いた」

「いたって……何がですか？」

瞬時に私は立ち上がり、気が付けばグラウンドに駆け出していた。

そうして、振り向きもせずにモーゼズに向けてこう言った。

「いたのよ、あの中に……リュート＝マクレーンがっ！」

あとがき

っていうことで一巻でした。いかがだったでしょうか？

元々、この作品はＧＣノベルズさんから出版されていて、いわゆる大判小説からの文庫化という形になっております。

既に完結済みですので、ご興味あればそのまま大判の電子書籍などで続きが読めるはずなので、是非ともお願いします（紙版はちょっと手に入りにくいと思いますが電子なら大丈夫です）。


しかし、まさかの文庫化ということですね。

誰が一番驚いたかというと著者の白石だったりします。

十年近く前に書いた作品ということもあり、校正なんかで読み返しても嬉し恥ずかし……という感じですね。

ただ、色々と拙いんですが今思ったのが「本当に自由に楽しく書けてるなー」というところでしょうか。

著者の白石はこの作品をきっかけにして、小説家・漫画原作者・webtoon脚本家という感じで、まあシナリオライターという職業の人になってしまいました。

で、村人の次くらいの時期に書いた『異世界帰りの勇者が現代最強！』って作品があります。

そちらも、気になって見てみたらやっぱり「マジでコイツ……好き放題やっとるな（笑）」と、半分苦笑いしつつも……変に力が入ってなくて伸び伸びとやってて、やっぱり攻撃力は高いわーと。

何と言うか、村人含めて初期作品ってブレーキ踏んでないんですよね。もう本当にやりたい放題やってる感と言いますか。

異世界帰りの場合は意識的にヒロインを強烈にさせてるんですが、ブレーキ踏まずに延々とボケさせるというｗｅｂ小説では絶対にやっちゃいけないことをやってますし。

で、そういうところが良いっていう評価も一部ではあったりして、個人的にも自由に書いたそっちの方が面白いなーと。

今は無難にやってしまう傾向があるので、何が言いたいかというと、初心を忘れずに良い部分は良いと今のシナリオ業に取り入れていきたいなと。

で、何よりもこういうのが好きって気持ちは忘れないようにしていきたいとか、そんなことを思いました。

と、そんなこんなで、最後にマイクロマガジン社様に謝辞です。

この作品のおかげでこの業界に飛び込むことになりました。

小説やコミカライズだけじゃなくて、漫画原作仕事もやるようになりました。

まさか大人になってからネームの勉強や実際にネーム描いたりするとかも思ってもみませんでしたね（商業ではネームは描いてないんですけど、コマ単位に近い形で脚本書いてるので必要と思って勉強だけはやってたり……）。

十年前の自分に「アンタこんなことやってるよ？」と言ったら「嘘つけ！」と絶対に言う感じですね。

不思議の国に迷い込んじゃった感じは凄いあるんですが、本当に数奇な運命をたどることになったなぁ……と。


それもこれも全部、現在も担当となってくださっているマイクロマガジン社様の担当氏からの書籍打診連絡から始まっています。

大昔に夢だった漫画家という職業ですが、脚本という形でネームの直前段階くらいのレベルで参加して作ったりもしていて、実質的に夢も叶ってしまいました。

本当にありがとうございました。

Caracter Rough

Caracter Rough

Caracter Rough

ファンレター、作品のご感想をお待ちしています!

【宛先】
〒104-0041
東京都中央区新富 1-3-7　ヨドコウビル
株式会社マイクロマガジン社
GCN文庫 編集部

白石新先生 係
FAMY先生 係

【アンケートのお願い】

右の二次元バーコードまたは
URL（https://micromagazine.co.jp/me/）を
ご利用の上、本書に関するアンケートにご協力ください。
■スマートフォンにも対応しています（一部対応していない機種もあります）。
■サイトへのアクセス、登録・メール送信の際の通信費はご負担ください。

GCN文庫

村人《むらびと》ですが、なにか? ①

2023年4月27日　初版発行

著者　白石《しらいし》 新《あらた》
イラスト　FAMY《ふぁみ》
発行人　子安喜美子
装丁／DTP　横尾清隆
校閲　株式会社鷗来堂
印刷所　株式会社エデュプレス
発行　株式会社マイクロマガジン社
〒104-0041　東京都中央区新富1-3-7　ヨドコウビル
［販売部］TEL 03-3206-1641／FAX 03-3551-1208
［編集部］TEL 03-3551-9563／FAX 03-3551-9565
https://micromagazine.co.jp/

ISBN978-4-86716-416-7 C0193

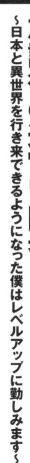